Dr. G. Wichert

Ueber den Gebrauch des Adjectivischen Attributs

Antigonos

Dr. G. Wichert

Ueber den Gebrauch des Adjectivischen Attributs

Unveränderter Nachdruck der Originalausgabe von 1875.

1. Auflage 2024 | ISBN: 978-3-38635-143-0

Antigonos Verlag ist ein Imprint der Outlook Verlagsgesellschaft mbH.

Verlag: Outlook Verlag GmbH, Zeilweg 44, 60439 Frankfurt, Deutschland, info@outlook-verlag.de
Vertretungsberechtigt: E. Roepke, Zeilweg 44, 60439 Frankfurt, Deutschland
Druck: Libri Plureos GmbH, Friedensallee 273, 22763 Hamburg, Deutschland

Ueber den Gebrauch

des

adjectivischen Attributs

an Stelle des

subjectiven oder objectiven Genetivs

im Lateinischen.

Ein Beitrag zur Assimilation

von

Dr. G. Wichert,

Director des Königlichen Domgymnasiums in Magdeburg.

BERLIN.
Weidmannsche Buchhandlung.
1875.

Herrn

Dr. Hermann Schwalbe,

Director des Königlichen Gymnasiums zu Eisleben,

zu Seinem funfzigjährigen Amtsjubiläum

ehrfurchtsvoll

der Verfasser.

Ueber den Gebrauch des adjectivischen Attributs an Stelle des subjectiven oder objectiven Genetivs im Lateinischen.

§ 1.

Der Gebrauch des durch Assimilation an ein Substantiv zu 1 erklärenden Adjectivs ist ein sehr allgemeiner und keineswegs bloss auf den Fall beschränkt, dass letzteres die Stelle eines subjectiven oder objectiven Genetivs vertritt. Abgesehen von der Gewohnheit der Dichter, statt eines zum Prädicate gehörigen Adverbiums ein Adjectiv anzuwenden und dieses mit einem Substantiv des Satzes in Verbindung zu setzen (vos exemplaria Graeca nocturna versate manu, versate diurna Hor. A. P. 268. Epist. I. 19, 10. Cic. poet. Tusc. III. 27, 65 u. a.), findet es sich namentlich sehr häufig, dass locale Bestimmungen, die an und für sich wol zum Substantiv gehören, aber zu diesem — sei's unmittelbar, sei's mittelbar — in adverbialer Form hinzutreten sollten, des Nachdrucks und der Abrundung wegen, zu adjectivischen Bekleidungen desselben dienen. Vgl. fuga Pharsalica Cic. Divin. I. 32, 68. Mutinensis ep. ad Brut. 1, 5. Cannensis Liv. XXIII. 25, 7. sermo Phliasius Cic. Tusc. V. 4, 10. somnium Atinas Divin. I. 28, 59. eruptio Neapolitana Fam. IX. 15, 3. pulsatio Puteolana p. Caelio 10, 23. expolitio urbana ad Q. frat. III. I. 2, 6. certamen oppidanum Tac. Hist. 4, 18 f. coitio silvestris Cic. p. Caelio 11, 26. descensio Tiberina Fin. V. 24, 70. cursus Achaicus ep. ad Brut. 1, 15. peregrinatio Achaica Sueton. Vesp. 4. aditus campester Liv. XXXVI. 10, 7 (von der Ebene her). volatus aerei avium Cic. Topic. 20, 77. cursus pelagius Phaedr. IV.

21, 7 (durch die Luft, durch das Meer) u. a. Besonders geschieht dieses, wenn an Eigenschaften, Handlungen oder Zustände zu denken ist, die an Personen zeitweise an gewissen Orten hervorgetreten sind. Ex urbanis malevolorum sermunculis Cic. p. Deiotar. 12, 33. de Hispaniensibus flagitiis tuis in Vatin. 5, 13. (P. Sestii) integritas provincialis p. Sestio 5, 13. de provinciali in eo magistratu abstinentia ibid. 3, 7. tuum provinciale officium (Dienstfertigkeit) Fam. V. 19, 1. eius spiritus Sicilienses Verr. III. 9, 22. urbanam infamiam (eius) p. Flacco 2, 5. de eius urbana audacia d. prov. cons. 4, 8. auctorem moderationis urbanae Fam. IX. 15, 3 (Orelli). hanc nostram forensem industriam p. Muren. 16, 34. a pudore maritimae ignominiae restituti animi Liv. XXXV. 27, 12. provincialibus uxorum criminibus Tac. Ann. 4, 20 f. erogationes urbicae pristinis illis provincialibus antistabant (h. e. meae — meis) Apul. Met. 11 p. 243 Alteb. Aehnlich excipit bellicam peregrinamque mortem. Cic. Legg. II. 24, 60. Nicht selten treten auch adverbiale Bestimmungen anderer Art neben Substantiven als adjectivische Bekleidungen auf: divisio fraterna Cic. ad Herenn. IV. 40, 52 (Theilung mit dem Bruder) tripartita, quadripartita Off. III. 2, 9. ad Heren. III. 4, 8. 8, 15. distributio quadripartita Verr. II. I. 12, 34 (Theilung in drei, vier Theile). sententia bima Fam. III. 8, 9 (h. e. de bimo proconsulatu). causa liberalis p. Flacco 17, 40. Fam. VIII. 9, 1. Pl. Curcul. IV. 2, 4. Poenul. V. 2, 4. Ter. Adelph. II. 1, 40 (Prozess über die Freiheit).

2 Häufig bezeichnen attributive Adjectiva eine allgemeine Beziehung auf eine Person oder Sache, wie dies z. B. öfters neben crimen und scelus der Fall ist. Crimen hoc Asinianum indicio Avilii probabatur Cic. p. Cluent. 13, 39. dilue sane crimen hoc Calidianum Verr. IV. 20, 43. crimine Pario est accusatus Nep. I. 8, 1. qui hoc navale crimen conetur defendere Cic. Verr. V. 50, 131. haesitantem te in hoc tribuario crimine p. Plancio 19, 47 (die den Asinius — seine Ermordung — den Calidius, Paros, die Schiffe, die Tribus — ihre Bestechung — betreffende Anschuldigung). divinis humanisque obruti sceleribus Liv. III. 19, 11 (Verbrechen gegen Götter und Menschen, in Bezug auf sie hervortretend). Aehnlich: a te Flaminiana ostenta collecta sunt Cic. Divin. II. 31, 67

(= ostenta, quae ad Flaminium pertinent, und also nicht etwa objectiv nach maledictum meum, debitum suum — s. § 52*) — zu beurtheilen). hoc Marianum somnium ibid. II. 68, 141 (nicht in streng objectiver Auffassung, wie noctes diesque me ames, me desideres, me somnies Terent. Eunuch. I. 2, 113. cf. ne semper Curios et Luscinos loquamur Cic. Paradox. VI. 3, 50. Tac. Ann. 16, 22. classes loquens et exercitus Cic. ad Attic. IX. 2. A. 3. Tac. Hist. 1, 50. Madv, ad Cic. Fin. II. 9, 26 — sondern nur zum Ausdruck der allgemeinen Beziehung = somnium ad Marium pertinens).

Wenn sich in Fällen dieser Art mit ganz gleichem abverbialem Sinne auch der abhängige Genetiv als Bekleidung des Substantivs vorfindet, was allerdings häufig und nicht selten gerade bei den besseren Schriftstellern vorzukommen pflegt, so kann doch davon nicht die Rede sein, dass alsdann, wie in dem von uns unten näher zu betrachtenden Falle, das Adjectiv erst durch die Vermittelung des Genetivs verständlich wird und also zur Erfassung seines Sinnes auf diesen als den ursprünglich zu erwartenden Ausdruck zurückgegangen werden müsse. Vielmehr werden wir sagen müssen, dass der Genetiv rational ebenso wenig wie das Adjectiv zur Bekleidung des Substantivs berechtigt und seine Anwendung nur durch eine auffällige Freiheit des Sprachgebrauchs erklärlich ist. So findet sich Trasimeni, Trebiae, Cannarum pugna Liv. XXIII. 43, 4 (die Schl. bei —) neben proelium Dyrrhachinum Caes. Civ. III. 80. 84. 89 und vielen ähnl. Olympiorum victoria Cic. Tusc. II. 17, 41, neben victoria Actiaca Sueton. Aug. 18 p. 236 Burm. victoria belli Cic. p. Murena 14, 31. Off. III. 11, 49. Fam. IX. 6, 3. Liv. XXIII. 11, 2. XXXIV. 33 f. Tac. Hist. 1, 51. certaminis Liv. III. 24, 9. litium Plin. H. N. XXIX. 3, 12 (vgl. das häufige victor belli) neben victoria bellica Cic. p. Sestio 23, 51. orationes iudiciorum, concionum, senatus id. Orat. I. 16, 73 (dort gehalten) neben oratio senatoria Solin. 27, 10; ferner proelium gentis Iustin. 7, 3 (mit dem Volke) neben pugna regia Liv. IV. 32, 11, certamina plebeia id. V. 2, 13. praeda po-

---

pulorum (von den V.) id. IX. 23, 13. quorum (oppidorum) id.
XXXVIII. 15, 14 (ein Gebrauch, der von Halm ad Sestian. p. 174
ohne Grund bezweifelt wird) neben praeda agrestis (von den Aeckern)
Liv. XXXIII. 37, 6, und ähnlich spolia hostium Cic. Verr. IV. 44,
97. Liv. X. 7, 9. 29, 8. XXII. 57, 10. XXIII. 46, 5. Tac. Hist.
3, 72. provinciae Cic. Verr. V. 23, 59. aliorum Off. III. 5, 22.
Laconum Liv. X. 2, 14. regis Antiochi id. XXXVIII. 46, 7. earum
(h. e. Syracusarum) id. XXVI. 31, 9, neben spolia consularia Tac.
Hist. 4, 42 (cf. Walther); ferner disputatio earum rerum (über)
Cic. Acad. II. 2, 5. aequi, veri, recti, humani id. Part. Orat. 29,
102. quorum (worüber) ibid. 12, 43, neben disputationes oratoriae
(über den Redner) id. Orat. 3, 11 (Orelli). disceptatio praeteriti
temporis (über) id. Part. Orat. 20, 69, neben disceptatio domestica
(= rerum domesticarum) Quintil. VII. 4, 31. quaestio animorum
Cic. Tusc. I. 11, 23. peculatus p. Muren. 20, 42. veneficii Liv.
XL. 37, 4 u. v. a. neben quaestiones naturales Cic. Part. Orat. 18,
64. quaestio Campana Liv. IX. 26, 8 (über die Verschwörung in
Campanien). controversia nominis Cic. Invent. II. 17, 52. aut unius
rei aut plurium Quintil. III. 10, 1 neben controversia hereditaria
(über die Erbschaft) Cic. ep. ad Brut. 1, 6 f. praecepta contentio-
nis, sermonis Off. I. 37, 132, principiorum Orat. II. 19, 81, scelerum Philipp. XI. 3, 6 u. a. neben praecepta oratoria d. Invent. I.
4, 5. libri belli Germanici Quintil. X. 1, 103 neben libri officiales
(h. e. de officiis) Lactant. VI. 11, 9. 18, 15. lex Cornelia maiestatis
Cic. Pison. 21, 50, Orat. I. 58, 246. ambitus, repetundarum Plin.
ep. VI. 5, 2 neben lex quina vicenaria Pl. Pseudol. I. 3, 84,
muneralis, lenonia id. ap. Festum, agraria Cic. und Sueton. Caes.
20 p. 42. Der Genetiv ist hier überall, gleich dem Adjectiv, mit
derselben Freiheit in adverbialem Sinne gebraucht (cf. spolia *ex*
Romano hoste Liv. XXIII. 23, 6. lex Iulia *de* pecuniis repetundis
Cic. Pison. 21, 50 u. Aehnl.), wie zuweilen der von einem transitiven Verbo abhängige Accusativ vorkommt. Vgl. vincere bella
Iustin. 41, 1. Olympia Schmid ad Horat. Epist. 1, 50. iudicium,
sponsionem, causam Ruhnk. ad Vellej. I. 8, 2. Zumpt ad Cic. Verr.
p. 217 u. a.

Die subjectiven Beziehungen des Besitzers, Urhebers u. s. w. 4 gehören dagegen, ebenso wie die rein objectiven eigentlich ganz dem Gebiete des Genetivs an, so dass der dafür aus Rücksichten der Kürze und Bündigkeit eintretende (und eben deshalb des Nachdrucks wegen dem Substantiv gewöhnlich vorangehende) adjectivische Ausdruck als ein unregelmässiger erscheinen muss. Pompeiana classis st. Pompeii, oratoria enumeratio st. oratorum. Von anderer Art und durchaus nicht hergehörig, weil nicht durch Assimilation zu erklären, sind Verbindungen wie Vulcania arma Cic. Tusc. II. 14, 33. Hipponacteum praeconium Fam. VII. 24, 1. Cassiani iudices p. Rosc. Amer. 30, 85. Saguntina rabies Liv. XXXI. 17, 5. Herculea audacia Iustin. praef. Adrasteus pallor Ammian. XIV. 11, 22. Aetnaei ignes Virg. Aen. 7, 786. Thyesteae preces Hor. Epod. 5, 86. Peligna frigora id. Od. III. 19, 7. nomina gladiatoria Cic. p. Sestio 64, 134. posse se puerili verbere moneri Tac. Ann. 5, 9. mellea suavitas Solin. 52, 48. testudinea varietas id. 52, 22. facies theatralis id. 48, 2, aerea id. 52, 58, wo die Adjectiva nicht statt der Genetive stehen, sondern in gemein qualitativem Sinne aufzufassen sind (= arma, qualia sunt Vulcani, a Vulcano facta — nomina, qualia esse solent gladiatorum, verbere, quale puer accipere solet u. s. w.). Vgl. noch: Quare, Particulo, quoniam caperis fabulis, quas *Aesopeas, non Aesopi* nomino — Phaedr. IV. prol. 10.

Cap. I.

Das Adjectiv zum Ausdruck subjectiver Verhältnisse.

§ 2.

Das subjective Verhältniss, in dem zunächst der abhängige 5 Genetiv zu seinem regierenden Nomen steht, ist zwiefacher Art, wie man erkennt, wenn man auf die diesem Verhältnisse zum Grunde liegenden Gedanken zurückgeht. Entweder ist es das directe

Verhältniss des Subjectes zum Prädicat (fratris mors, mulieris fuga, populi admiratio, patris odium, belli terror. Vgl. frater moritur, mulier fugit, populus admiratur, pater odit, bellum terret) oder das indirecte, durch das Hinzudenken eines transitiven Verbalbegriffs zu vermittelnde Verhältniss des Subjects zum Objecte (patris bona, caeli vis, militum numerus. Vgl. pater possidet od. relinquit bona, caelum habet, exercet vim, milites efficiunt numerum. Ebenso κακὰ χθονός Soph. Oed. Col. 786 u. a.). Specieller diese beiden Fälle in der Art abgrenzen zu wollen, dass jener stattfände, sobald das Regens selbst verbales Leben in sich enthält, wäre ein Irrthum. Denn einerseits sagte man auch Antiochiae oppidum u. ähnl., was sich nur auf Antiochia est oppidum, also auf das directe Verhältniss zwischen Subject und Prädicat zurückführen lässt, und andrerseits sind Verbindungen wie Numantini foederis invidia, noctis error und dgl. nur durch Voraussetzung eines indirecten Verhältnisses erklärlich (vgl. Numantinum foedus movet invidiam, nox efficit — in homine — errorem). In manchen Fällen ist, je nachdem, die eine oder die andere Deutung zulässig, wie z. B. patris servitus, ebensowol auf pater servit, wie auf pater servitutem imponit zurückweisen kann. Im Uebrigen bemerken wir noch, dass gewisse Verbindungen von indirect-subjectivem Charakter sich auch objectiv fassen lassen, wie hostium metus (vgl. hostes metum efficiunt und metuimus hostes, hostes metuuntur). Dasselbe gilt von den den Genetiv ersetzenden adjectivischen Bekleidungen.

A. Directes subjectives Verhältniss.

§ 3.

6   Wir heben hier der Uebersicht wegen zunächst den Fall hervor, in dem das Substantiv, das den bei der adjectivischen Assimilation vorauszusetzenden Genetiv regieren würde, ein verbales ist, und zwar in der Art, dass in ihm das seinem Etymon eigenthümliche Leben beibehalten erscheint (vgl. dagegen nomen imperatorium, appellatio imperatoria § 10. 11). Beispiele für die Ableitung solcher Substantiva von transitiven Verbis sind: quae *popularem admiratio-*

nem habuerunt, delectationem tibi nullam attulissent Cic. Fam. VII. 1, 2 (vgl. populus admiratus est). *Rosciana imitatio* senis Orat. II. 59, 242 (vgl. Roscius imitatus est senem). tibi habe istam *laudationem Mamertinam* Verr. IV. 67, 151 (offenbar zum Ausdruck der Verächtlichkeit geeigneter als das von Zumpt aufgenommene Mamertinorum). tene *consulari adoptione* ad omnium spes honorum patris admotum — amisi? Quintil. Prooem. VI. 13 (vgl. consul adoptavit). Cuius (Sullae) filium C. Cassius *proscriptionem paternam* laudantem calapho percussit. Val. Max. III. 1, 3 (vgl. pater proscripserat). *cogitationem regiam* Romana disiecit constantia Vellei. I. 10, 2 (das Bedenken des Königs Antiochus). quos (fontes Aganippen et Hippocrenen) Cadmus quoniam *equestri exploratione* deprehendisset Solin. 7, 23 (= equina exploratione, wie equestri pede Senec. Theb. 396, vgl. equus exploraverat), und ähnlich Claudius *servilibus iussis* obtemperaturus Tac. Ann. 13, 6 (vgl. servi iubent). asper frena pati aut *iussis* parere *magistris* Sil. Ital. 3, 387 (cf. Drakenb., der hier indess sehr Verschiedenartiges zusammenwirft).

Beispiele für die Assimilation bei solchen Substantiven, die von intransitiven Verbis herkommen, sind: C. Gracchum *mors fraterna* ad expetendas poenas excitavit Cic. d. Harusp. resp. 20, 43. Vellej. II. 6, 2. funesta domus tecta *paterna morte* Catull. 64, 246 (cf. Sillig). nec ullam rem gigni patitur (natura), nisi *morte* adiuta *aliena* Lucret. 1, 264. libertas et speciosa nomina praetexuntur nec quisquam *alienum servitium* et dominationem sibi concupivit, ut non eadem ista vocabula usurparet. Tac. Hist. 4, 73 f. (vgl. alii serviunt). ante *defectionem Campanam* Liv. XXV. 18, 4. Romani *civilem* esse *clamorem* atque auxilium adesse inter se gratulantes id. III. 28, 4 (vgl. cives clamant). hereditate relictum *odium paternum* (Hannibal) conservavit Nep. XXIII. 1, 3. Inviolatam excedere Italia passus Fulviam Plancumque *muliebris fugae* comitem Vellej. II. 76, 2. *Regios interitus* magnitudine miraculi remigis casus aequat. Val. Max. I. 8. Ext. 11 (vgl. rex interiit). ingressus (sol) leonem *ortus Sirios* exitavit Solin. 32, 12 (vgl. Sirius oritur). serpens nulla, larga vitis, *arborarii proventus* abundantes id. 11, 12 (vgl. arbores proveniunt) und mit dem (objectiven) Genetiv abwechselnd: terra illa ante alias altrix equorum et *proventui equino* accommodatissima est id. 45, 5. — Cecidit praesente Apuleio puer — Hiscine argumentis Magiam probatis? *Casu puerili* et matrimonio mulieris et obsonio piscium? Apul. d. Magia p. 275. Volucrem esse amorem fingit *mortalis error* Senec. Trag. Octav. 558 (vgl. mortales errant).

8   Die Anwendung des Pronominal-Adjectivs ist in diesem Falle so gewöhnlich (z. B. tuus adventus, vgl. tu advenis), dass der Genetiv nur als seltene Ausnahme bei Späteren und Dichtern erscheint. Am häufigsten kommt so noch sui vor: At Dolabella primo *sui incessu* solvit obsidium Tac. Ann. 4, 24. testificatus, non longam *sui absentiam* fore id. Ann. 15, 36. Veliterni paene ad *exitium sui* cum populo Romano belligeraverunt Sueton. Aug. 94, p. 449. orbis a figulo circumactus hominem *vertigine sui* corripit Apul. d. Magia p. 291. An manchen Stellen ist sui nur Lesart, wie de *adventu sui,* Sueton. Caes. 30 (bei Burm. p. 71 suo). Vgl. Herzog ad Caes. b. civ. p. 20, Madv. ad Cic. Fin. p. 871, wo aber Verschiedenartiges zusammengeworfen ist.

<h2 style="text-align:center">§ 4.</h2>

9   Assimilationen, wie in oppidum Antiochense oder Antiochenum, lassen sich wol nicht unmittelbar auf ein loses Appositionsverhältniss, wie in Antiochia, oppidum, zurückführen, wenngleich auch diesem das Verhältniss zwischen Subject und Prädicat zum Grunde liegt (vgl. Antiochia est oppidum), vielmehr muss dabei, wie es scheint, zunächst auf die engere Verbindung eines von dem localen Appellativ abhängigen, die speciellere Oertlichkeit bezeichnenden Genetivs zurückgegangen werden, wie dieser s. g. Genetivus appositionis sich auch öfters vorfindet: in oppido Antiochiae Cic. ad Attic. V. 18, 1. in Norae oppido Solin. 4, 1. in urbe Caralis id. 4, 2. urbem Patavi Virg. Aen. 1, 247. ad Pachyni promontorium Liv. XXIV. 35, 3. ad Soractis montem Solin. 2, 26. ad lacum Lucrini Liv. XXIV. 12, 4 u. 13, 1. ad lacum Averni id. XXIV. 20, 14. ad Asturae flumen id. VIII. 13, 5. ex flumine Loracinae id. XLIII. 4, 6. flumen Himellae Virg. Aen. 7, 714. fons Arethusae Flor. II. 6, 34 (wenn hier nicht die Nymphe gemeint ist). in torrente Vergelli id. II. 6, 18, cf. Interpp. Das durch Assimilation zu erklärende Adjectiv findet sich so neben Local-Appellativen aller

Art, wie urbs, colonia, municipium, mons, amnis, flumen, mare u. a.,
auch neben dem allgemeinen locus. Beispiele sind: *urbs Rómana*
Liv. III. 6 , 5. V. 7 , 10. VII. 18 , 1. VIII. 22, 7. XXIX. 4, 6.
XLIII. 13, 4. Senec. ad Polyb. 33, 4. *Veientana* Val. Max. I. 5, 1.
Thurina id. I. 8, 6. *Numantina* id. II. 7, 1 (cf. Kempf ad I. 6,
Ext. 3). *Constantinopolitana* Paul. Diacon. ad Eutrop. 18, p. 596.
Agyllina Virg. Aen. 7, 652. 8, 479. *Praenestina* id. 7, 678. *Iliaca* id.
8, 134. (Verbindungen, die Zumpt ad Cic. Verr. p. 815 wunderbarer
Weise als garnicht vorkommend bezeichnet). *municipium Tarqui-*
niense Cic. p. Caecina 4, 10, *Lucense* ad Fam. XIII. 13 (cf. Kempf
ad Val. Max. II. 2, 3). *colonia Aquinas* Tac. Hist. 2, 63. *Foro-*
iuliensis id. 3, 43. *Bononiensis* id. Ann. 12, 58. *mons Hymettius*
Val. Max. I. 6. Ext. 3. *Aetnaeus* id. V. 4. Ext. 5. *Oetaeus* Attius
ap. Cic. N. D. III. 16, 41, durch welche Stelle die Lesart bei
Lactant. I. 9, 11 von Bünemann gestützt wird. (Mons Erycus,
Zumpt ad Cic. Verr. II. 8, 22. 47, 115, Tac. Ann. 4, 43, gehört
wol nicht hierher, da Erycus kaum als Adjectiv angesehen werden
kann. Die Lesarten Erycius*), Erycinus würden für unsern Fall
sicherer sein. Aus anderem Grunde sind Verbindungen, wie Heli-
conii colles Val. Max. I. 6. Ext. 3, zweifelhaft, da hier leicht ein
possessives Verhältniss zum Grunde gelegt werden kann). *amnis*
Tiberinus Liv. V. 37, 7. *flumen Tiberinum* Virg. Aen. 11, 449.
Hor. Epist. I. 11, 4. testis *Metaurum flumen* id. Od. IV. 4, 38.
flumen Rhenum describitur id. A. P. 18. quam *mare Oceanum* a
fronte circumfluit Tac. Hist. 4, 12, wo Walther für den adjectivischen Gebrauch von Oceanus mehrere passende Dichterstellen anführt (weniger passend Caes. Gall. III. 7. b). Ferner *Coloneus* ille
locus, cuius incola Sophocles Cic. Fin. V. 1, 3, wo Valckenär lucus
schreiben wollte, in welchem Falle der Verbindung ein possessives

---

*) Oft entscheidet die Zufügung oder Weglassung eines *i* in den besseren
Codd. die Frage über Anwendung oder Nichtanwendung der Assimilation, cf.
ordinem senatorium Cic. p. Flacco 18, 43 (al. senatorum), fortunis patriis
Verr. II. I. 51, 135 (al. patris), gladiatorium munus Tac. Ann. 15, 34 (al.
gladiatorum), de auspiciis imperatoriis (al. imperatoris). Dagegen censorum
iudicium Cic. p. Cluent. 48, 135 (al. censorium), moribus senatoris Liv. XXIII.
23, 4 (al. senatoriis. cf. Alschefsk.) u. a.

Verhältniss unterläge. Vielleicht ist hier locus in dem specielleren Sinne von δῆμος zu fassen, wenngleich es auch in gemeiner Bedeutung nicht eben sehr auffällig erscheinen kann.

10 . Wie mit den localen Appellativen, verhält es sich auch mit den Substantiven nomen, cognomen und appellatio (= nomen). Vgl. Tarquinius est nomen — Tarquinii nomen — Tarquinium nomen. Gellius N. A. XV. 29, 2 fand es auffällig, dass Piso in seinen Annalen quia *Tarquinium nomen* esset geschrieben hätte, und meinte, dass man dann auch mihi nomen est Iulium schreiben könnte. Allerdings kommen Beispiele dieser Art zuweilen vor: *Nomine* in *Hectoreo* pallida semper eram Ov. Heroid. 1, 14 (weniger bemerkenswerth, wenn ganze Familien oder Geschlechter gemeint sind, wie nomen Tarquinium, Fabium Gronov. ad Liv. I. 3, 8. Potitium Val. Max. I. 1, 17. morum vitiis nomen Augustum inquinat Senec. Trag. Octav. 251). Häufiger ist diese Assimilation bei Adjectiven, die von Appellativis herkommen: (Mithridates) etiam in extrema fortuna *nomen* retinuit *regium* Cic. p. Muren. 16, 34 (den Titel Rex). Vident Romanum ducem, unum ex illis veteribus, quibus *imperatorium nomen* addebant. Plin. Paneg. 12, 1 (cf. Gesner). Tac. Ann. 1, 13. quam enixam *uxorio nomine* dignatus est Sueton. Calig. 25 (cf. Burm. p. 649). mittitur M. Lepidus in Aegyptum, qui *tutorio nomine* regnum pupilli administret Iustin. 30, 3. (Icari) ora, *patrium* clamantia *nomen,* excipiuntur aqua Ovid. Met. 8, 229 (er rief natürlich pater, nicht Daedalus, in welchem Falle das Adject. possessiven Sinn hätte, ebenso wie erectas Gallias ad nomen dictatorium Tac. Ann. 14, 57, d. h. bei dem Namen — Sulla —, den einst der Dictator führte).

Aehnlich heisst es: Caesi apud Cremeram trecenti et *scelerato* signata *nomine,* quae proficiscentes in proelium porta dimisit Flor. I. 12, 2 (wo Freinsheim sceleratae schreiben möchte). Quin *nomen* quoque iam interiit *Mutuom.* Pl. Pseud. I. 3; 76 („selbst der Name Borg ist bereits ganz verloren gegangen, das Borgen kennt man selbst dem Namen nach nicht mehr“).

Analog diesen Beispielen, in denen nomen seine volle Bedeutung hat, sind diejenigen, in denen es nur der Periphrase dient, indem statt des Namens einer Person oder Sache nomen mit dem von jenem Namen abgeleiteten Adjectiv verbunden wird, wie quid referam *Aeolio* regnatas *nomine* terras? Sil. Ital. 14, 70 (st. Aeolo), cf. Drakenb. h. l. Carmaniae Persis adnectitur, quae incipit ab insula Aphrodisia, translata in *Parthicum nomen* Solin. 54, 13 (doch wol = translata od. extenta in Parthiam, ausgedehnt bis nach Parthien hin), ähnlich wie sich auch der Genetiv zugefügt findet, transcendere nomen Hiberi, tangere iam Thybrim Sil. Ital, 5, 161 (st. Hiberum). In andern adjectivischen Verbindungen, in denen nomen die speciellere Bedeutung Grund, Vorwand oder auch Capital hat, wird richtiger ein indirect-subjectives Verhältniss angenommen (s. unten § 15. 29. 30).

Für die Assimilation bei cognomen giebt es wenige Beläge, wie unde frequentia *Mercuriale* imposuere mihi *cognomen* compita. Hor. Sat. II. 3, 25 („den Beinamen Mercur“ cf. Heindorf), und auffälliger: ut *superius cognomen Africanum* capta (Carthago), *posterius* eversa Corneliae genti daret, Val. Max. II. 10, 4 (= superioris Africani — posterioris, welche Bezeichnungen statt maior und minor auch sonst bei diesem Schriftsteller beliebt sind. cf. II. 4, 3 — 7, 12 u. 13 — 10, 2). Stellen wie Diagoras Melius, cui *Atheon cognomen* apposuit antiquitas, Minuc. Fel. Octav. 8, 2, sind besser auszuschliessen, da es mehr als fraglich ist, ob hier an adjectivische Bekleidung gedacht werden kann. Nur scheinbar hergehörig ist unde processerit (Tullius), statuae ipsius titulus testatur *servili·cognomine* Val. Max. III. 4, 3, da hier der Ausdruck ungenau und nicht etwa servus als cognomen, sondern das praenomen Servius gemeint, dieses aber generell zu fassen ist („ein Name, wie er einem von einer Sclavin Geborenen zukommt“, cf. Kempf h. l.). Suillum cognomen (h. e. Scrofa) Varro R. R. II. 4, 1 weist auf ein causales Verhältniss hin (s. unten § 31), Titus, cognomine paterno Sueton. Tit. 1 (h. e. Vespasianus) auf ein possessives. Dagegen würde Liber, cognomine paterno (= Liber Pater) hergehören, wenn es sich nachweisen liesse.

Beispiele für die Assimilation bei appellatio (= nomen) sind: qui, post paucos annos proconsul in Africa, ornamenta triumphalia cum *appellatione imperatoria* meruit. Vellej. II. 125, 5. (Tullius) quo pervenerit, statuae titulus testatur — *regia appellatione* Val.

Max. III. 4, 3. (In diesem zweiten Theile der oben bereits angeführten Stelle ist die Assimilation unverkennbar, da der Beiname
oder Titel Rex gemeint ist.)

Bei titulus, vocabulum, vox und verbum, bei denen der Genetiv
nicht selten ist (vgl. titulum mentita Lyciscae Iuvenal 6, 123 u. a.)
scheint die hier in Betracht kommende Assimilation garnicht gebräuchlich gewesen zu sein.

§ 5.

12 Die obigen Adjectivverbindungen mit mons, amnis, flumen,
mare legen die Frage nahe, ob nicht auch sonst die Species ad-
jectivisch zum Genus hinzutreten könne, wenn letzteres einen Kreis
von Naturgegenständen bezeichnet. Indessen möchten sich wol
wenige Beispiele dieser Art finden, wie *lunare sidus* Senec. d. provid.
1, 4 (vgl. luna est sidus) und ähnlich: *Ariadneum sidus* Ov. Fast.
5, 345 (wenn hier der Gedanke Ariadne sidus est und nicht etwa
ein possessives Verhältniss zum Grunde liegt, wie die Auffassung
ja auch beim Genetiv zweifelhaft bleibt. cf. Saturni sidus, Mercurii
sidus Plin. N. H. 2, 6 u. a.). Dagegen scheint arbor abiegna, sa-
ligna, querna (vgl. abies est arbor etc.) und Aehnliches nicht gesagt zu sein, wenngleich der Gebrauch des Genetivs in diesem
Falle sich hie und da nachweisen lässt: arbor fici Cic. p. Flacco
17, 41, lucus proceris abietis arboribus septus Liv. XXIV. 3, 4,
qui (scopuli) praecipue herbis algae vestiuntur Columell. VIII. 17, 6,
lapathi herba Hor. Sat. II. 4, 28, Epod. 2, 57 (vgl. ficus, abies est
arbor, alga, lapathus est herba). Noch weniger sagte man wol animal
caninum, bestia equina, bellua elephantina, avis milvina, lapis mar-
moreus, metallum aureum u. dgl. (vgl. canis est animal — aurum est
metallum), da in diesem Sinne auch für den Genetiv die Beläge fast
gänzlich fehlen. Vgl. auri metallum Virg. Aen. 8, 445. Von manchen
Species der Art, wie z. B. von den specielleren Fischnamen, wie scarus
u. s. w., möchten sich überdies kaum Adjectiva nachweisen lassen, so
dass von dergleichen Verbindungen garnicht die Rede sein kann.

Dasselbe gilt von Werken von Menschenhand. Man sagte nicht
aedificium curiale (ebensowenig als aedificium Curiae, vgl. Curia est
aedificium) u. dgl.

Nicht viel anders ist es auf geistigem Gebiete (vgl. oben nomen, cognomen, appellatio). Bei Cicero lesen wir virtutibus continentiae, gravitatis, iustitiae, fidei p. Muren. 10, 23 (vgl. continentia est virtus u. s. w.), bei Dichtern und Späteren steht für den Genetiv neben virtus zuweilen das Adjectiv. Venalis populus, venalis curia Patrum. Est favor in pretio, senibus quoque *libera virtus* exciderat, Petron. de mutat. reipubl. Rom. 41, nicht schlechtweg == libertas, wie Wernsdorf Poet. Minor. III. p. 32 will, sondern zunächst wenigstens == virtus libertatis. Ebenso an der daselbst von ihm aus Prudent. in Psychom. angeführten Stelle *provida virtus* zunächst == virtus prudentiae. Aehnlich könnte vielleicht Asper eram et bene discidium me ferre loquebar. At mihi nunc longe *gloria fortis* abest, Tibull. I. 5, 1, gefasst werden (== gloria fortitudinis, vgl. fortitudo est gloria, ist ein Ruhm, ein Gegenstand des Ruhmes), wenn hier nicht, in Bezug auf loquebar, mit Broukh. gloria == gloriatio zu verstehen ist, in welchem Falle die Stelle zu § 33 fin. gehören würde. Ob laus humana, brevis u. dgl. (== laus humanitatis, brevitatis, der Kürze im Ausdruck, und also ganz verschieden von dem bekannten laus oratoria, imperatoria) facultas eloquens (== f. eloquentiae, vgl. eloquentia est facultas) und Aehnliches irgendwo sich vorfindet, muss dahingestellt bleiben. Unmöglich ist es nicht, da in objectivem Sinne exemplum constans, iustum, honestum u. dgl. bei Späteren nicht ungewöhnlich ist (s. unten § 50).

§ 6.

Eigenthümlich ist die participiale Assimilation, die sich neben 13 modus findet: cum *duobus modis* animi sine ratione et scientia incitarentur, *uno furente, altero somniante* Cic. Divin. I. 2, 4, wo die Interpreten Anstoss nahmen und sich auf verschiedene Weise zu helfen suchten. Am besten (doch auch nicht ganz zutreffend) erklärt noch Giese: uno (modo) furoris, altero somnii. Man hat hier richtiger auf die Sätze furere est modus (unus, quo animi — incitentur) und somniare est modus (alter, quo animi — incitentur) zurückzugehen, woraus sich zunächst modus furendi und modus somniandi und alsdann durch Assimilation modus furens und modus somnians ergiebt. Nicht von ganz gleicher Art sind die Stellen, an denen sich die Substantiva vis und natura mit präsentischen Participien bekleidet finden: Chrysippus quidem divinationem definit his verbis: *vim cognoscentem et videntem et explicantem* signa, quae a diis hominibus portendantur, — Idemque somniorum coniectionem definit hoc modo, esse *vim cernentem et explanantem*, quae a diis hominibus significentur in somnis Cic. Divin. II. 63, 130. Zeno naturalem legem divinam esse censet eamque *vim* obtinere recta *imperantem prohibentemque* contraria id. N. D. I. 14, 36. inest mira *vis* in ranunculis *et natura* quaedam *significans* aliquid id. Divin. I. 9, 15. Allerdings kann man auch hier auf genetivische Verbindungen, wie vis cognoscendi, videndi, explicandi, cernendi, explanandi, imperandi, prohibendi, natura significandi (= naturalis facultas significandi), und weiter auf Sätze zurückgehn, wie cognoscere est vis, significare est natura u. s. w. (die Zukunft zu erkennen, anzuzeigen — das Erkennen, das Anzeigen der Zukunft — ist eine Kraft, eine natürliche Fähigkeit), doch reicht man an Stellen dieser Art auch mit der gemein prädicativen Auffassung aus, da vis cognoscit —, natura significat sehr wol gesagt werden kann, wonach die participialen Verbindungen = vis, quae cognoscat, natura, quae significet, also ganz gewöhnlich zu erklären wären. Anders wäre es, wenn man für docendi labor, discendi voluptas, venandi ars, meridiandi consuetudo u. dgl. (vgl. docere est labor u. s. w.) auch labor docens, voluptas discens u. s. w. sich zu sagen erlaubt hätte, da hier das Verbum in ursprünglich gemein prädicirender Weise (labor docet, voluptas discit u. s. w.) aufzufassen, ebenso unmöglich wäre, wie im ersten Beispiele (modus furit, modus somniat). Doch finden sich wol, den Fall, von dem wir ausgingen, abgerechnet, Beläge für die Assimilirung derartiger gerundialer Genetive weder subjectiver Art, wie die eben genannten, noch objectiver Art vor (vgl. voluntas proficiscendi, cupiditas legendi, potestas prendendi u. ähnl., wofür wol nie voluptas proficiscens, cupiditas legens etc. gesagt wurde).

B. Indirectes subjectives Verhältniss.

1. Possessiv-Verhältniss
(durch *habere* oder ein ähnliches Verbum vermittelt).

§ 7.

Das natürlichste und darum gewöhnlichste Possessiv-Verhältniss 14
ist dasjenige, bei dem der subjective Genetiv oder das seine Stelle
vertretende Adjectiv auf einen persönlichen Besitzer, das Sub-
stantivum aber, von dem jener abhängt und zu dem dieses attributiv hinzutritt, auf ein sächliches Besitzthum hinweist. Beispiele für das Adjectiv sind: *arculae muliebris* Cic. Off. II. 7, 25
(h. e. Thebes, Alexandri uxoris). *superbia muliebris* Tac. Ann. 13,
14 (h. e. Agrippinae, cf. Walther h. l.). *auspicia imperatoria* id.
15, 26 (cf. Walther). *imperatoria iuventa* id. 13, 2 (h. e. Neronis).
fastus tyrannicus Solin. 11, 31 (h. e. tyranni Samii). Infestis taurus
mox confodit cornibus *hostile corpus* Phaedr. I. 21, 7 (h. e. hostis,
leonis) u. v. a. Ferner: L. Cinna et C. Marius hauserant avide *civilem
sanguinem* Val. Max. II. 8, 7. *civilia capita* Senec. ad Marciam 20, 6
(h. e. civium). *principalia arma* Vellej. II. 50, 3 (h. e. principum,
Caesaris et Pompeii). *Argiva laus* Val. Max. V. 4. Ext. 5 (h. e. Ar-
givorum, cf. Kempf. Praef. p. 36). Hadrianopolis, *urbs Haemimóntana*
Ammian. XIV, 11, 5, nicht etwa = urbs Haemi montis nach § 23,
sondern = urbs Haemimontanorum cf. Ammian. XXVII. 4, 11).
aedes lenoniae Pl. Truculent. I. 1, 30 (h. e. lenonum). Aehnlich
scheint: Recensete omnia *muliebria iura*, quibus licentiam earum
alligaverint maiores nostri per quaeque subiecerint viris Liv. XXXIV.
3, 1 subjectiv (= quae habent mulieres) gefasst werden zu müssen
(iura nicht von iubere, sondern von iungere, Verbindlichkeiten,
Corssen, Aussprache u. s. w. I. p. 366, ungefähr = onera cf. omnia
invitis iura imposita Liv. II. 34, 12, VIII. 28, 1, gratum, quod re-
versis ab exsilio iura libertorum concessisset Tac. Hist. 2, 92 f.,
Verpflichtungen der liberti zu ihrer Unterstützung, d. h. rechtliche
Ansprüche auf sie. Universas provincias uno calamitatis iure com-
prehenderet Cic. Off. II. 8, 27. Vgl. auch über die Synonymität

von iura und servitutes Rein, Röm. Privatrecht p. 160). Specieller bemerken wir Folgendes:

15 a) Besonders beliebt ist dieser Gebrauch bei den Adjectiven, die von Nominibus propriis herkommen: *Exercitus Fabianus* Liv. II. 59, 2. *Minucianus* id. XXII. 32, 1. *castra Brutiana* Vellej. II. 72, 5. 76, 2. *Brutianae Cassianaeque partes* id. II. 74, 1. Africae regem inter *Caianas custodias* vidimus. Senec. Tranq. 11, 10. *nomen* (Capital) *Fufianum* Cic. p. Flacco 20, 47. *Castricianum* ibid. 23, 54. *horti Serviliani* Tac. Ann. 15, 55. Hist. 3, 38. *domus Tiberiana* id. Hist. 1, 27. *Phineia* Virg. Aen. 3, 212. *fines Aeetaei* Catull. 64, 3. *Herculea manus* Hor. Od. II. 12, 6. *Hectoreae opes* id. III. 3, 26. τὸ Κύρειον στρατόπεδον Xen. Anab. I. 10, 1. Rehdantz u. a. Statt Iphianassaeo sanguine, Lucret. 1, 85, hat Lachm. nach Priscian den Genetiv Iphianassai aufgenommen.

16 b) Ebenso bei denjenigen Adjectiven, die der Sphäre des Familienlebens angehören, wie patrius, paternus, maternus, uxorius, fraternus, avitus, herilis (st. patris, matris u. s. w.). *Patrium regnum* Liv. XXXVII. 53, 22 (h. e. quod pater possederat). filii cruore *paterni* respersi *oculi* Val. Max. I. 6, 11, und auffälliger: veteribus *paternorum felicium castrorum* refectis operibus Auct. b. Alex. 72 f. (nach Wiederherstellung der alten Schanzen des Glückslagers des Vaters). Ut omnes intelligerent, nihil ei sanctum esse, cuius ab audacia fratris liberos ne *materni* quidem *corporis* custodia tegere potuisset Cic. p. Cluent. 11, 31 f. (C. Gracchus) *fraternum exitum* habuit Val. Max. I. 7, 6 (= quem frater habuerat, also nicht nach mors fraterna — oben § 7 — zu beurtheilen, da exire nicht = perire gebraucht wird). Crassum egregiis maioribus et *fraterna imagine* fulgentem Tac. Hist. 4, 39 (das Bild des Bruders im Atrium). *uxorii cubiculi* memoria id. Ann. 11, 37 (der Messalina). vitam dignissimam egit, quae nullius praeterquam *avito fulgore* vinceretur Vellej. II. 4, 6. *herilis patria*, salve Pl. Bacch. II. 1, 1.

17 c) Ferner sind diejenigen Adjectiva hervorzuheben, die sich auf kriegerische Verhältnisse beziehen, wie imperatorius, militaris, socialis, auxiliaris, hostilis. Beispiele sind: eosdem labores non esse aeque graves imperatori et militi, quod ipse honos *laborem* leviorem faceret *imperatorium* Cic. Tusc. II. 26, 62 (wenn hier nicht allge-

mein qualitative Auffassung näher liegt == qualis esse solet imperatoris). Interim, qui Persas sollicitarent, mittuntur: hinc spe, hinc
metu *militares animos* versant Curt. V. 10 p. 247, Tac. Ann. 4, 2.
dux Romanus — sine robore legionum *sociales copias* ducebat Tac.
Ann. 12, 31. rapta statim arma sine more et ordine militiae, ut
praetorianus aut legionarius insignibus suis distingueretur: miscentur
auxiliaribus galeis scutisque id. Hist. 1, 38 (cf. Walther). *hostilis
audacia* id. Ann. 14, 23. *hostilis cruor* Val. Max. III. 2, 23 (h. e.
hostium). Oefters wird von Letzterem hostilis in Verbindung mit
Substantiven gebraucht, die Körpertheile bezeichnen, wie tot legionum
interitus, tam multa signa *hostilibus* intercepta *manibus* Val. Max.
I. 6, 11, und auffälliger: quem subiectum proeliantium globo atque
undique *hostilibus pedibus* circumdatum id. III. 2, 16. tam audaci
usurpatione imperii in maxima luce densissimas *hostilibus oculis*
tenebras offudit id. VII. 3, 9 (vgl. oben § 16 paterni oculi und
unten § 18 domestici oculi bei demselben).

d) Bemerkenswerth sind ferner diejenigen Verbindungen, in 18
welchen die Adjectiva allerdings auch an Stelle des Genetivs
(Sing. oder Plur.) von Substantiven stehen, diese Substantiva aber
sich formell von jenen Adjectiven nicht unterscheiden, da sie eben
nur substantivirte Adjectiva sind: pueri, *sobrios* quoque *convictus,*
nedum *temulentos* ignorantis Tac. Ann. 13, 15 (h. e. sobriorum,
temulentorum). Ser. Tullio, etiamtum puerulo, dormienti circa
caput flammam emicuisse *domestici oculi* adnotaverunt Val. Max. I.
6, 1 (h. e. domesticorum). quam crudeliter se in M. Mario prae-
tore gessit! quem per ora vulgi ad sepulcrum Lutatiae gentis per-
tractum non prius vita privaret, quam *oculos infelices* erueret et
singulas corporis partes confringeret id. IX. 2, 1 (h. e. infelicis).
sicut illi barbari, quos ferunt mactatarum pecudum intestinis egestis
homines inserere, ita ut capitibus tantummodo emineant, quoque
diutius poenae sufficiant, cibo et potione *infelicem spiritum* pro-
rogare id. IX. 2. Ext. 11 (h. e. infelicium). *fortia corpora* Virg.
Aen. 8, 539 (h. e. fortium, nicht periphrastisch, wie mortale corpus
Hor. Od. I. 35, 3 libera corpora Liv. XXIX. 21, 6 u. a.). Häufig finden
sich dergleichen Assimilationen neben cruor und sanguis, wie *cruore
captivo* adolere aras et hominum fibris consulere deos fas habebant Tac.

Ann. 14, 30 f. (h. e. captivorum). istae lugubres semper existimatae sunt victoriae, utpote non *externo* sed *domestico* partae *cruore* Val. Max. II. 8, 7 (h. e. externorum, domesticorum = gentium externarum, civium). Corbulo hostilem audaciam *externo sanguine* ultus est Tac. Ann. 14, 23. sidus cometes, *sanguine illustri* semper Neroni expiatum id. 15, 47 (h. e. virorum illustrium). repressit iram (aper) et: facilis vindicta est mihi, sed inquinari nolo *ignavo sanguine* Phaedr. I. 29, 10 (h. e. ignavi, nämlich asini). An manchen Stellen der Art liegt metonymische Auffassung nahe (vgl. „edlesBlut" u. ähnl.). — *auxiliaribus galeis scutisque* (h. e. auxiliarium) Tac. Hist. 1, 38 (s. oben § 17).

Den angeführten Verbindungen liessen sich übrigens noch diejenigen hinzufügen, bei denen man zweifelhaft sein kann, ob dabei substantivirte Adjectiva oder eigentliche Substantiva als adjectivische Attribute verwandt sind, wie cervicem *victori gladio* praebuit Val. Max. IV. 7, 4 (h. e. victoris, nämlich Antonii). res Agamemnonias *victriciaque arma* secutus Virg. Aen. 3, 54 (h. e. Agamemnonis, victoris — anders dagegen und nicht hergehörig sind Stellen, wie Caesar Augustus, perdomito orbe, victricia ad eos arma transtulit Iustin. 44, 5 f.). *grex minister* Sil. Ital. 11, 277 (h. e. ministrorum) u. a., cf. Drakenb. ad eund. 3, 87.

19 e) Dem vorigen Falle ganz nahe liegt der Ciceronianische, wiewol nur aus der Schrift de divinatione nachweisbare Gebrauch, mit Anwendung der Assimilation das Particip *vigilantes* attributiv zu den Substantiven animi, cogitationes und curae zu setzen (cf. Wopkens Quaest. Tull. ed. II. p. 355). Genauer betrachtet, weist indess nur die erste Verbindung auf ein direct possessives Verhältniss hin. *Vigilantes animi* vitae necessitatibus serviunt Divin. I. 49, 110 (h. e. vigilantium, wie Davis auch schreiben wollte, in gleich substantivischem Sinne wie navigantes, medentes und andere Participia Präsentis vorkommen). · Etwas anders verhält es sich mit den beiden andern Verbindungen. Inerant in utriusque nostrum animis *vigilantium cogitationum* vestigia ibid. II. 68, 140 (h. e. cogitationum, quas vigilantes habueramus). qui praeerant Lacedaemoniis, non contenti *vigilantibus curis*, in Pasiphaae fano somniandi causa incubabant ibid. I. 43, 96 (h. e. curis, quas habebant vigilantes), wo nicht von wachen Menschen im Allgemeinen, wie an

der ersten Stelle, sondern von bestimmten Menschen, und zwar
insofern, als sich diese in einem gewissen Zustande, nämlich dem
des Wachens befanden, die Rede ist. Der Genetiv also, auf den
hier zum Verständniss des attributiven Particips zurückgegangen
werden muss (selbstverständlich auch Divin. II. 68, 140), ist eigentlich
nicht ein substantivisch zu fassender, direct possessiver, sondern ein
appositiver, an den aus dem Zusammenhange erst zu entnehmenden
possessiven Genetiv schlechtweg participialisch sich anlehnender.

Andere Participia Praesentis scheinen weder in direct-, noch
in appositiv-possessiver Auffassung assimilirt zu sein und z. B. im
ersten Falle Verbindungen, wie saliens pulchritudo st. salientium
(vgl. Cic. ad Q. frat. III. 1, 2), mentiens difficultas st. mentientis
(vgl. Cic. Divin. II. 4, 11), sich nirgend vorzufinden. Curae navigantes u. Aehnl. könnte wohl irgendwo von einem Dichter gesagt
sein, doch nicht im Sinne von curae navigantium, sondern in der
Art, dass das Substantiv metaphorisch zu verstehen wäre (= Gegenstände unserer Sorge — wie kostbare Handelswaaren oder geliebte
Personen — die auf dem Meere umhertreiben), ein Fall, in dem
an Assimilation nicht zu denken ist.

Noch bemerken wir, dass der zweite der obigen Fälle (vigilantes
cogitationes od. curae) von einer andern Metapher, die nicht im
Substantiv, sondern im bekleidenden Particip steckt, fern zu halten
sei. Vgl. aegritudo maerens Tusc. III. 34, 83. laetitia gestiens
ibid. IV. 6, 13 (cf. laetitia efferatur et gestiat ibid. § 12). peccans
immortalitas ibid. V. 2, 5, und ähnlich approbat, philosophantem
vitam ipsa vita esse meliorem Boeth. ad Cic. Topic. p. 381. So
hätte Cic. allerdings auch — unserm „wache Sorgen, wache Gedanken“ (d. h. stets rege, stets quälende S. G.) entsprechend —
vigilantes curae, cogitationes anwenden können (cf. cura pervigili
proximorum Ammian. XIV. 11, 15), ebenso wie er in quo evigi-
laverunt curae et cogitationes meae Paradox. II. 17 und Aehnliches
sich zu sagen erlaubte (cf. Moser h. l.), doch sind die obigen Beispiele, wie wir sahen, ganz anders aufzufassen und nicht der Metapher, sondern der Assimilation zuzuweisen.

f) Ferner heben wir als eine besondere Art von Possessiv- **20**
Verhältniss dasjenige hervor, das durch Adjectiva persönlicher

Beziehnng neben tempus, annus und dies bezeichnet wird. So sind *tempora Miloniana*, Cic. ad Attic. IX. 7. B. 2, gleichsam tempora Milonis, da er sie mit seinen Interessen ganz beherrschte. Deutlicher tritt jenes Verhältniss hervor, wenn wirklich an Herrscher zu denken ist. *temporum Claudianorum* insectatione Tac. Ann. 14, 11. per avaritiam temporum Claudianorum id. Hist. 5, 12. *regiis annis* dinumeratis Cic. Rep. II. 15, 29. his enim regiis quadraginta annis et ducentis praeteritis ibid. 30, 52. tertius est *annus decemviralis* consecutus ibid. 37, 62 (d. h. Zeiten, Jahre, die Claudius, die Könige, die Decemvirn mit ihrer Gewalt gleichsam innehielten, besassen). Und ähnlich: dirus ille *dies Sullanus* Cic. ad Attic. X. 8, 7. illo *Cinnano atque Octaviano die* id. p. Sestio 36, 77. (Sulla, Cinna, Octavius sind gleichsam die Beherrscher, die Besitzer des Tages, an dem sie ihre Macht den Bürgern fühlbar machten.)

§ 8.

21 Die zweite Hauptkategorie possessiver Verhältnisse dieser Art umfasst diejenigen Verbindungen, in denen im Besitze einer Person nicht ein sächlicher Gegenstand, wie in allen oben angeführten Stellen, sondern eine Person erscheint. Beispiele sind seltener und, zwei bestimmte Fälle ausgenommen, fast nur dichterisch. Wir unterscheiden hier:

a) solche, in denen das Adjectiv von einem Nomen proprium abgeleitet ist. In diesem Falle werden durch die Verbindung desselben vorzugsweise verwandtschaftliche Beziehungen ausgedrückt. Nach dem Vorbilde der Griechen (Σθένελος, Καπανήϊος υἱός Iliad. 4, 367. 5, 108. Αἴαντα Τελαμώνιον υἱόν ibid. 13, 67. Νηληΐῳ υἷι ἐοικὼς Νέστορι ibid. 2, 20 und ausserhalb des Appositions-Verhältnisses Τελαμώνιε παῖ Soph. Aj. 134. ὁπότ᾽ ἠρασάμην Ἰξιονίης ἀλόχοιο Iliad. 14, 317) heisst es: si te salvum hinc amittemus *Venerium nepotulum* Pl. Mil. V. 1, 20 u. 28 (cf. nepos sum Veneris ibid. IV. 6, 50). *nepos Nereius* (Achill) Hor. Epod. 17, 8. *Agamemnonia puella* (Iphigenia) Propert. V. (IV.) 1, 111. Messapus, *Neptunia proles* Virg. Aen. 7, 691. proles Semeleïa, Liber Ov. Met. 3, 520 (ein Sohn des Neptun, der Semele). proles Niobea Hor. Od. IV. 6, 1. Tithonia coniux (Aurora) Virg. Aen. 8, 384.

Auffälliger in der Prosa und nur durch eine Art poetischer Begeisterung des Sprechenden zu erklären: cum te *Iunonium puerum* et matris tuae partum aureum esse dixi Cic. ep. ad Brut. II. 8 p. 686 Orell. (Vgl. Forc. v. Iunonius.)

Vager erscheint die verwandtschaftliche Beziehung ausgedrückt, wenn das Appellativum von anderer Art ist, wie Cessit et Aetnaeae *Neptunius incola* rupis Tibull. IV. 1, 56 (Polyphem, der Sohn des Neptun, der Bewohner der Höhle des Aetna).

Oefters tritt auch das Adjectiv — gleichfalls nach griechischem Vorbilde (*Τελαμώνιος Αἴας* Il. 2, 528 [hier mit dem Genetiv *Ὀιλῆος Αἴας* v. 527 abwechselnd] u. a.) ganz ohne Vermittelung eines Appellativums zum Namen des Nachkommen hinzu. *Daedaleus Icarus* Hor. Od. II. 20, 13, *Iunonia Hebe* Val. Flacc. 8, 231 und vielleicht mit Andeutung entfernterer Verwandtschaft *Agamemnonius Halesus* Virg. Aen. 7, 723. (cf. Interpr.)

Diese unmittelbare Verbindung ist in zwei Fällen auch in der besten Prosa gebräuchlich, erstens, wenn dem Namen einer Person, die durch Adoption in eine andere Familie übergegangen ist, das Possessivum wie ein Patronymicon hinzugefügt wird, wie *Scipio Aemilianus* und zweitens in Zusammenstellungen, wie *Xenophon Socraticus* Varr. R. R. I. 1, 8. Cic. Tusc. II. 26, 62. Orat. II. 14, 58· *Anaxarchus Democritius* Tusc. II. 22, 52, u. a., wo das Verhältniss des Schülers zum Lehrer auch gewissermassen als ein verwandtschaftliches angesehen werden kann.

Verbindungen, die auf kein verwandtschaftliches, sondern auf ein gewöhnliches possessives Verhältniss hindeuten, sind in diesem Falle selten, wie voce nova captus *custos Iunonius* (Argus) Ov. Met. 1, 678. quaeque cadit liquidas *Iunonia virgo* per auras (Iris) Stat. Silv. V. I, 103.

b) Von Adjectivis, die, von appellativen Nominibus herkommend, **22** dergleichen Verbindungen eingehen, ist fast nur herilis zu erwähnen, das allerdings häufig, besonders bei den Komikern, so gebraucht wird: *herilis filius* (= heri filius) Pl. Bacch. II. 2, 55. 3, 117 und 132. IV. 8, 7. Pseudol. I. 4, 2. Ter. Andr. III. 4, 23. herilem filium dum comitatur in scholas Sueton. Gramm. 23, p. 386. voster herilis filius Pl. Trinum. III. 1, 1 (= vestri heri filius). *herilis filia* (= heri filia) Pl. Aulul. II. 3, 8. herilem nostram filiam id. Cistell. II. 3, 8 (= herae nostrae filiam), und ausserhalb dieser verwandtschaftlichen Beziehungen: *herilis concubina* Pl. Mil. II. 3, 66. 5, 6 (cf. heri concubina id. II. 4, 9). nostra herilis concubina id. II. 5, 48 (= nostri heri concubina). Aehnlich Poppaeam Sabinam, *principale scortum* Tac. Hist. 1, 13.

Beispiele wie filius sororius, nepos fraternus (st. sororis, fratris) scheinen sich garnicht zu finden. Stellen wie Macedo Deucalionis maternus nepos Solin. 9, 11 (von mütterlicher Seite) gehören selbstverständlich nicht hieher.

§ 9.

23   Als dritte Hauptkategorie possessiver Verhältnisse unterscheiden wir diejenigen Verbindungen, in denen Etwas im Besitze einer Sache erscheint. Gewöhnlich ist alsdann das Besessene gleichfalls etwas Sächliches. Specieller ist

a) die im Besitze befindliche Sache meistens localer Natur. Eruptio *Aetnaeorum ignium* Cic. N. D. II. 38, 96 (anders Virg. Aen· 7, 786). *Aetnaea flamma* Tibull. IV. 1, 196 (wo Dissen, gegen Voss, richtig erklärt). *Aetnaea rupes* id. IV. 1, 56. *Peliacus vortex* Catull. 64, 1. *arx Tusculana* Liv. III. 23, 1. *moenia Nolana* Val. Max. I. 6, 9. *ostia Tiberina* Tac. Ann. 15, 42. *sinus Pisanus* id. Hist. 3, 42. ex *agris Metapontino atque Heracleensi* Liv. XXIV. 20 f. *Stygiae undae* Virg. Aen. 7, 773 u. a. Dagegen lässt sich dies Alliensis Liv. VI. 1, 10 und Aehnl. wohl nicht mit dies Sullanus (oben § 20) vergleichen und als gewöhnliches Possessiv-Verhältniss auffassen, muss vielmehr nach proelium Dyrrhachinum Caes. Civ. III. 80. 84 u. a. Bspp. der Art (oben § 1) beurtheilt werden.

Für *exemplo Miloniano*, Quintil. IV. 2, 61 möchte Spalding exemplo Milonianae lesen, und in der That ist die Assimilation hier sehr auffällig, da der Sinn nicht ist: exempl. Milonis (= exempl. quod praebuit Milo, zu § 29 gehörig), sondern exempl. Milonianae orationis (ex Miloniana oratione sumptum, ex. quod habet, possidet quodammodo Miloniana orat.). Nur in dem Falle schiene der Ausdruck nicht ganz ungewöhnlich, wenn man das elliptische Miloniana (Cic. Orat. 49, 165) geradezu als ein Substantiv betrachten wollte.

Hierher gehörige Verbindungen sind ferner: *vis caelestis* Cic. Divin. II. 44, 93 (h. e. caeli, siderum). *domestici parietes* id. Catil. I. 2, 1. *terrestria sidera* flores Columell. X. 96 (h. e. terrae sidera = terrae ornamenta, cf. o sidus Fabiae, Maxime, gentis Ov. ex Ponto III. 3, 2). *litoreae ilices* Virg. Aen. 8, 43 u. a.

b) Weit seltener finden sich Beläge für diese Art der Assimi- 24 lation, wenn das Nomen, dessen Genetiv durch das Adjectivum vertreten wird, keine Localität bezeichnet. Inde usque ad *diurnam stellam crastinam* potabimus Pl. Menaechm. I. 2, 62 (h. e. ad stellam diei crastini), und mit allgemeinerer Auffassung von diurnus (= dierum h. e. omnium dierum): instituit, ut tam senatus quam populi *diurna acta* conficerentur et publicarentur Sueton. Caesar 20 p. 42 (vgl. iis mandat, ut exponerent aestatis eius hiemisque acta sua adversus Romanos Liv. XLIII. 19, 14 u. v. a. Stellen, an denen genetivische Zeitbestimmungen mit possessivem Sinne angewandt sind).

Gemeinerer Art sind Verbindungen, wie tactus est etiam Romulus, quem inauratum in Capitolio parvum atque lactentem, *uberibus lupinis* inhiantem fuisse meministis Cic. Catil. III. 8, 19 (h. e. lupae).

Ebenso möchten Beispiele hieher gehören, wie de uxoribus in *servilem modum* quaestionem habent Caes. Gall. VI. 20, 6 (h. e. servorum, nach Art der Untersuchung, die bei Sclaven angewandt wird, den Sclaven gewissermassen eignet). dictum est primum lac sirpicum, quoniam manat in *modum lacteum* Solin. 27, 49 (h. e. lactis). Man kann an solchen Stellen die Adjectiva nicht gut in qualitativem Sinne auffassen (wenn wir auch „sclavisch, milchich" übersetzen), da der Begriff allgemeiner Qualität durch modus bereits ausgedrückt ist. Vgl. dagegen quarum (siliquarum) species glaciali albedine erat, Sulp. Sever. H. Sacra I. p. 81, und die Beispiele oben § 4.

Mit dem Homerischen κρητῆρα στήσασθαι ἐλεύθερον Iliad. 6, 528 (h. e. ἐλευθερίας, cf. Interpr. h. l., einen Mischkrug als Zeichen der Freiheit, der Freiheit gleichsam eignend) lässt sich einigermassen vergleichen (Blossius) compressus perseveranti interrogatione Laeli in eodem *constanti gradu* stetit Val. Max. IV. 7, 1 (h. e. constantiae, cf. Kempf Praef. p. 37, wo an verschiedene

Grade, d. h. Stufen dieser Tugend, wie bei einer Leiter oder Treppe zu denken ist: „auf derselben Stufe der Beständigkeit", d. h. dieser eignend).

§ 10.

25 Eine vierte Hauptkategorie possessiver Verhältnisse ist diejenige, bei der eine Person im Besitz einer Sache zu denken ist. Indessen möchten sich für die Assimilation in diesem Falle nur wenige Beläge vorfinden, wie *Ponticus Heraclides* Cic. N. D. I. 13, 34 und Aehnliches, und vielleicht das bei Späteren häufig vorkommende *parens publicus* (h. e. reipublicae) Senec. ad Polyb. 35, 3. Plin. Paneg. 10, 6 -- 26, 3. Flor. I. 9, 5 u. a.

§ 11.

26 Schliesslich bemerken wir noch, dass, wie in den obigen Fällen die adjectivische, so auch zuweilen die pronominale Bekleidung eines Substantivs durch Assimilation in possessivem Sinne zu erklären ist. So findet sich *is* an manchen Stellen ganz analog den § 23. a. besprochenen Adjectiven angewandt. Der Unterschied ist nur der, dass dort die im Besitz eines Gegenstandes befindliche Localität durch das Adjectiv selbst deutlich bezeichnet, hier dagegen durch das Pronomen nur auf diese als eine im Vorangehenden genannte zurückgewiesen wird. In Umbria atque in *ea vicinitate* Cic. p. Rosc. Amer. 16, 48 (h. e. eius, nämlich Umbriae). ille (Cyclops) Aetnam solam et *eam* Siciliae *partem* tenuisse dicitur id. Verr. V. 56, 146 (wo man unnöthig corrigiren wollte. Es ist == et Siciliae partem, quae est eius, h. e. Aetnae, „und den dazu gehörigen, d. h. den ihm benachbarten Theil Siciliens"). C. Manlium Faesulas atque in *eam partem* Etruriae — dimisit, Sallust. Catil. 27, 1 (wo Fabri richtig erklärt, aber Unpassendes vergleicht).

Ob es Beispiele der Assimilation von *is* in possessivem Sinne ohne diese locale Beziehung giebt, müssen wir dahingestellt sein lassen. An Stellen wie sic enim (h. e. plebeii philosophi) ii, qui a Platone et Socrate et ab *ea familia* dissident, appellandi videntur Cic. Tusc. I. 23, 55 (h. e. ab eorum familia) wird wol besser ein Causalverhältniss (vgl. a familia, quam ii condiderunt, cuius auctores fuerunt, s. unten § 29) als ein gemein possessives (vgl. a familia, quam ii habuerunt) angenommen. Auch est animadversum, ut Curio ratione usus videretur in evitandis *iis consiliis, qui* se intenderant adversarios in eius tribunatum Cael. ad Cic. Fam. VIII. 4, 2 (al. eorum) liesse sich wohl ebenso fassen.

Unverkennbar ist dagegen das Possessivverhältniss, in dem sich **27** an einer Ciceronianischen Stelle das Pronomen hic einem Substantiv assimilirt findet. et orae ipsae locorum illorum, quo (post mortem) pervenerimus, quo faciliorem nobis cognitionem rerum caelestium, eo maiorem cognoscendi cupiditatem dabunt. *Haec* enim *pulchritudo* etiam in terris philosophiam excitavit, Tusc. I. 19, 45 (= harum pulchritudo, h. e. harum rerum caelestium p.), wo Kühner richtig erklärt, aber nach dem Vorgange Ramshorns (Gram. p. 554) Verschiedenartiges zusammenwirft. Das von ihm angeführte Hac fama impulsus, Ter. Andr. I. 1, 72, würde nur dann hierher gehören, wenn hac statt des masculinischen Genetivs huius oder horum stände und fama die Bedeutung von existimatio hätte (vgl. qui bonam famam bonorum expetunt Cic. p. Sestio 56, 139, guten Ruf bei den Guten, gute Meinung, die die Guten von ihnen hegen, haben. Fam. VI. 6, 6 u. 9. Caes. Civ. 1, 82 — ähnlich hominum infamia Pl. Pers. III. 1, 27, der schlechte Ruf bei, unter den Menschen, die schlechte Meinung, die die Menschen von Jemandem haben). Dort ist dagegen hac fama = huius rei fama, so dass die Assimilation auf den Genetiv des Inhaltes zurückweist, wie er neben sermo, oratio, colloquium, nuntius, im Griechischen neben λόγος, μῦϑος, φάτις u. ähnl. Substantiven gang und gäbe ist; ebenso neben fama und κλέος (Cic. p. Muren. 4, 8 — 18, 38. Philipp. XIV. 6, 15. Liv. III. 61, 10. IV. 40, 1. VII. 17, 8. XXI. 41, 3 — 61, 4. XXII. 19, 4 — 30, 7 u. 9. XXIII. 40, 7. XXIV. 48, 13 — 49, 5. XLV. 10, 1. Tac. Ann. 2, 25 init. 6, 35 f. 15, 4 u. 33 f. Hist. 3, 61, cf. κλέος Ἀχαιῶν Il. 11, 227 neben σὸν κλέος Odyss. 13, 415). Ein solcher Genetiv ist aber, ebenso wie das dafür eintretende Adjectiv oder Pronomen, wie oben § 3 erwähnt wurde (vgl. daselbst disputatio earum rerum neben disputationes oratoriae), adverbial aufzufassen (vgl. adversam de Domitiano famam accipit Tac. Hist. 4, 51 u. a.). Eine hieher gehörige Assimilation des

Demonstrativ - Pronomens neben fama und ähnlichen Substantiven, wie sie oben angedeutet wurde, lässt sich, wie es scheint, garnicht nachweisen.

28   Passende Beispiele für die Assimilation des Relativs in unserm Falle möchten auch nicht vorhanden sein. An Stellen, wie *puellis* ut saltem parcerent, *a qua aetate* etiam hostes iratos abstinere Liv. XXIV. 26, 11. *impuberes, quae aetas* etiam hostium misericordiam provocat Iustin. 18, 6. Elissa *sacerdoti Herculis, qui honos* secundus a rege erat id. 18, 4, cf. Gronov. ad Liv. XXIII. 11, 10. Bünem. ad Lactant. I. 21, 10 ist bei der Allgemeinheit des Sinnes nicht an Assimilation (= a quarum aetate u. s. w.) zu denken, vielmehr nur eine Ungenauigkeit des Ausdrucks zu erkennen, wie sie in analogen Fällen oft genug vorkommt.

Der Gebrauch des Possessivpronomens (meus frater = frater, quem ego habeo) ist dagegen so trivial, dass sogar Beispiele für den Genetiv des Personalpronomens, der eigentlich vorausgesetzt werden muss (mei frater, wie amici frater), kaum nachzuweisen sein möchten (vgl. dagegen sui incessus und Aehnliches oben § 8).

2. Causalverhältniss.
Durch efficere, excitare, suscipere, dare, praebere, concedere, committere,
relinquere oder ähnliche active Verba zu vermitteln.)

§ 12.

29   Die hier in Betracht kommenden Adjectiva sind, sowie die Genetive, deren Stelle sie vertreten, in den meisten Fällen von persönlicher Beziehung. Beispiele sind: *tumultus servilis* Caes. Gall. I. 40 c. (h. e. quem servi excitarunt). *servile bellum* Flor. III. 19, 2. equus Troianus, qui tot invictos viros *muliebre bellum* gerentes texerit Cic. p. Caelio 28, 67 (ein Krieg, den ein Weib — Helena, Clodia — veranlasste). Cleopatra, cum urgeri se *fraterno bello* videret, auxilium a Demetrio petit Iustin. 38, 9. Hoc bello perfecto, *tribunicium* domi *bellum* patres territat Liv. III. 24, 1, und so wol auch nach ursprünglicher Auffassung bellum Caesarianum, Antiochinum, Sertorianum, regium, wiewol hier häufig die adverbiale (= bellum adversus Caesarem u. s. w.) näher zu liegen

scheint. *Clades Variana* Tac. Ann. 12, 27. Plin. H. N. 7, 46.
Lolliana Sueton. Aug. 23 p. 249. *Crassiana* Solin. 48, 3 (Nieder-
lage, die Varus etc. veranlasste, verschuldete). *Caianarum expedi-
tionum* ludibrium Tac. Hist. 4, 15 (h. e. quas Caius suscepit). *Hir-
tinum proelium* Pollio ad Cic. Fam. X. 33, 4 (h. e. quod Hirtius
commisit). *cruor Cinnanus* Cic. in Vatin. 9, 23 (Blutbad, das Cinna
veranlasste, cf. τῶν ὑπαλευάμενος θάνατον Odyss. 15, 275). cum
ego una cum republica non *tribunicio,* sed *consulari ictu* concidissem
id. post Red. in Senat. 7, 17 (Schlag, den — versetzte). cum
illud *Castricianum vulnus* dicendo refricuisset p. Flacco 23, 54 (h. e.
vulnus, quod Castricius — eigentlich nomen Castricianum — iis
intulerat). nisi *consulari vulnere* concidissem p. Red. in Senat. 4, 9
und freier me confectum *consularibus vulneribus* p. Red. ad Quirit.
6, 15 (durch die Wunden, die ich mir selbst als Consul zugefügt).
medicina consularis ibid. (h. e. quam praebuit P. Lentulus consul).
consularem vindictam minatus est Vellej. II. 92, 3 (er drohte die
Ahnduug des Consuls an, dass er als Consul es ahnden würde).
triumvirale supplicium Tac. Ann. 5, 9 (Strafe, die die Triumvirn
vollstrecken). *servitus lenonia* Pl. Pseudol. III. 1, 1 (h. e. quam
imposuit leno). *Egnatianum scelus* Vellej. II. 93, 1 (h. e. quod
Egnatius commisit). *crimen Mithridaticum* Cic. p. Flacco 17, 41.
Falcidianum id. 36, 90 (Anschuldigung, die Mithridates, Falcidius
erhoben hat — also anders als oben § 2). *Cluentianae pecuniae*
crimen p. Cluent. 44, 125 (h. e. quam Cluentius dederit, cf. ibid.
§ 124 a Cluentio profectae pecuniae). *Manilianas leges* ediscere
Orat. I. 58, 246. *fides herilis* Pl. Pers. II. 2, 11 (Versprechen, das
der Herr gegeben hat). *imperium herile* id. Aulul. IV. 1, 2 (Befehl,
den —). *bona patria* Cic. Verr. II. I. 58, 152. *fraterna* ibid. 47,
123. *hereditas fraterna* p. Cluentio 11, 31 (h. e. bona, quae pater,
frater reliquit, hereditas, quam frater reliquit). se Armeniam re-
cepisse, quam *paterno nomine* iure obtinere deberet Auct. b. Alex.
35 (h. e. patris nomine, wol = propter nomen, quod pater prae-
beret, so dass nomen ungefähr = causa „um des Vaters Willen").

Aehnlich, doch nicht ganz übereinstimmend heisst es quam 30
(legem) non is promulgavit, *quo nomine* proscriptam videtis Cic.
Verr. V. 69, 177 (= cuius nomine. Es ist die lex Aurelia gemeint,

der Sinn also: quam non Aurelius promulgavit, qui nomen suum
praebuerat legi, cum proscriberetur). Sonst scheint in dieser Art
weder das Relativ noch ein Demonstrativum vorzukommen. Auch
das Possessivpronomen ist, Einen Fall (s. unten § 34) abgerechnet,
selten: neque licet oblivisci his *servitutis tuae* Sallust. in Ciceron.
orat. 3, 6, Orelli p. 689 (h. e. quam tu iis imposuisti, al. servitutis
suae, direct subjectiv). Ergo haec asperiora videantur necesse est
idque fiet rei, non *nostra difficultate* Cic. ad Herenn. IV. 7, 10
(Schwierigkeit, die wir verursachen). Freier heisst es: cum in Cn.
Dolabellam *scelus suum* illud pristinum renovavit et instauravit
quaestorium id. Verr. I. 4, 11 (vgl. quod commiserat quaestor, also
zugleich mit Hereinziehung der Apposition: „das Verbrechen, das
er als Quästor begangen hatte“).

31   Beispiele für Adjectiva sächlicher Beziehung, die hierher gehören, sind: Cognoscite nunc innumerabilem pecuniam, *fru-
mentario nomine* ereptam Cic. Verr. III. 19, 49 (unter dem Vor-
wande, den das Getr. darbot). *suillum cognomen* Varr. R. R. II.
4, 1 (cognomen, quod sus praebuit h. e. Scrofae). Spero me tibi
inventurum esse *auxilium argentarium* Pl. Pseudol. I. 1, 102 (auxilium, quod praebeat, ferat argentum). *ictus fulmineus* Hor. Od. III.
16, 11. *aquosus languor* id. Od. II. 2, 15 (= languor, quem efficit
aqua subter cutem fusa, cf. Plin. H. N. 7, 46). hos eosdem, quod
tempore *aquosae cladis* imbribus superfuerint, Umbrios graece no-
minatos Solin. 2, 11 (= cladis, quam aqua efficeret, Sindfluth).
Haec sunt, quae *suspiciosum crimen* efficiant Cic. Part. Orat. 33,
114 (eine auf Verdacht beruhende Anklage. Vgl. crimen suspicio
efficit). priusquam a tribunis plebi *agrariae seditiones*, mentione
illata de agro Lavicano dividendo, fierent Liv. IV. 47, 6 (= seditiones, quas agri efficerent). ut agmen velut *errore nocturno* tur-
baretur id. XXXIII. 7, 2. cum nocturnus error dissiparet id. XLIII.
10, 4, und ähnlich: tum semisomno corde et *errore ebrio* applicuit
virginale generi masculo Phaedr. IV. 14, 13. equester ordo *stultum
errorem* intelligit id. V. 7, 30 (= error, quem nox, ebrietas, stul-
titia efficit. Vgl. gemini nominis error Cic. p. Sestio 38, 82. pra-
vitatis errores id. Tusc. V. 27, 78, h. e. gemino nomine, pravitate
effecti und also anders als bonorum error ibid. V. 15, 43. veri

erroris confessio Cels. Medic. VIII. 4. p. 512 Bipont. Irrthum rücksichts der Güter, der Wahrheit). Video Petrum mare pedibus supergressum et instabiles aquas *corporeo* pressisse *vestigio* Sulpic. Sever. Epist. 1, p. 497 (= vestigio, quod effecit oder reliquit corpus).

Ob sich im Lateinischen Beispiele nachweisen lassen, entsprechend dem griechischen ὄσσε δ' ἄμερδεν αὐγὴ χαλκείη κορύθων ἄπο λαμπομενάων Iliad. 13, 340. σιδήρειος δ' ὀρυμαγδὸς οὐρανὸν ἷκε ibid. 17, 42 (wo etwas an den Stoffen momentan Wahrgenommenes bezeichnet wird), müssen wir dahingestellt sein lassen. Verbindungen, in denen das Adjectiv allgemein qualitative Bedeutung hat, wie siderites ferrei splendoris Plin. H. N. 37, 15, sanguineo splendore rosas induit Claudian. Raps. Proserp. 2, 92 (h. e. qualis ferri, sanguinis est oder esse solet), gehören nicht hieher.

§ 13.

Specieller bemerken wir noch Folgendes:

a) Sehr beliebt ist die Assimilation in diesem Causalverhältnisse bei denjenigen Substantiven, die einen Affect ausdrücken, wie metus, odium, luctus, gaudium u. a. Man kann diesen Fall freilich, wie bereits § 5 f. erwähnt, auch so beurtheilen, dass der Genetiv, auf den dabei zurückgegangen werden muss, ein objectiver ist, und man ist zu dieser Beurtheilung sogar sehr geneigt, da man sich im Deutschen zum Ausdruck seiner Abhängigkeit der Präposition zu bedienen pflegt (metus Parthorum, die Furcht vor den Parthern u. ähnl.). Das stellvertretende Adjectiv wird alsdann selbstverständlich ebenso aufgefasst (metus Parthicus). Doch zwingt uns durchaus Nichts, diese Auffassung auch von lateinischem Standpunkte aus als die natürlichere und darum billigungswerthere zu betrachten. Vielmehr scheint es näher zu liegen, in diesem Falle die Verbindung als eine subjective und zwar causale anzusehen, da man nicht nur mit dieser Erklärung vollkommen ausreicht (metus Parthorum oder Parthicus = metus, quem Parthi excitant), sondern es auch der Natur der Sache angemessen ist, dass man das Gebiet des loseren und vieldeutigeren objectiven Genetivs, sowie des denselben vertretenden Adjectivs nicht unnöthig ausdehnt, sondern möglichst zu beschränken sucht. — Die Adjectiva, die so angewendet werden, sind auch in diesem specielleren Falle, wie im Allgemeinen (siehe § 29 init.) meistens von persönlicher Beziehung und zwar, abgesehen von den von Nominibus propriis abgeleiteten, grösstentheils solche, die an das Staatsleben erinnern, wie regius, consularis, decemviralis, dictatorius, tribunicius, senatorius, hostilis, nächstdem externus, peregrinus, internus, domesticus, servilis, femineus, paternus, fraternus u. a. Beispiele sind: sublato *metu Parthico* Cic. Fam. II. 17, 1. remoto metu Punico Sallust. fragm. I. 9 ap. Gell. N. A. IX. 12, 15. *metus hostilis* in bonis artibus civitatem retinebat id. Iugurth. 41, 2. 105, 3. Liv. XXXV. 30, 4. Tac. Ann. 12, 51. Sulp. Sever. Hist. Sacr. I. p. 157. vacui *externo metu* arma in se verterant Tac. Ann. 2, 44. Liv. XXVIII. 42, 10. Vellej. II. 24, 4. hoc patrium est, potius consuefacere filium sua sponte recte facere quam *alieno metu* Terent. Adelph. I. 1, 49. oppressa est respublica armis, *metu* debilitata *servili* Cic. anteq. iret in exsil. 11, 27 und freier: testes, praesertim Siculos, timidos homines et afflictos, non solum auctoritate deterrere, sed etiam *consulari metu* et duorum praetorum potestate id. Verr. I. 10, 28 (durch die Furcht, die du ihnen als Consul einflössen musstest). sed *externus timor* maximum concordiae vinculum Liv. II. 39, 7. Batonius miros *terrores* ad me attulit *Caesarianos* Cic. ad Attic. VI. 8, 2. *tribunicius* me *terror* an consularis furor movit? id. p. Plancio 35, 86. ut civilia certamina *terror externus* cohiberet Liv. VI. 31, 4. 18, 2. III. 10, 14. XXXIV. 25, 6. id malum (tribunorum ac plebis) tum esse *peregrino terrore* sopitum videbatur id. III. 16, 4. Multi et varii timores. Inter ceteros eminebat *terror servilis* id. III. 16, 3. Italiam ipsamque urbem Romam *regius terror* afflabat Flor. III. 5, 9. posito iam *decemvirali odio* Liv. III. 42, 6. *Externa et domestica odia* certare in animis. Tandem superant *externa* id. II. 45, 5 (h. e. hostium et civium). Inter Sullanae crudelitatis exempla est, quod a republica liberos proscriptorum submovit. Nihil est iniquius quam aliquem heredem *paterni odii* fieri. Senec. de Ira II. 34, 3. homo maxime popularis oblatam sibi facultatem putavit, ut ex *invidia senatoria* posset crescere Cic. p. Cluent. 28, 77. *invidia decemviralis*

Liv. III. 43, 2. auram favoris popularis ex *dictatoria invidia* petiit id. XXII. 26, 4. quem — *aliena invidia* splendentem id. XXII. 34, 2. mederi *fraternae invidiae* animus ardebat Sallust. Iug. 39, 5. Nunquam ante tam invisus plebi reus ad iudicium vocatus populi est, plenus suarum, plenus *paternarum irarum* Liv. II. 61, 3 (Zorn, den schon sein Vater dem Volke erregt hatte). bis me *fraterno luctu* fortuna aggressa est Senec. ad Polyb. 35, 2 (Trauer, die ein Bruder veranlasste, d. i. Trauer um einen Bruder). *servilem* ei *amorem* obiicere Tac. Ann. 14, 60. captaque *femineus* pectora torret *amor* Ov. Amor. III. 2, 40. Haec mihi ferre parum est: *peregrinos* addis *amores* et mater de te quaelibet esse potest id. Heroid. 9, 47. *externus amor* ibid. 5, 99. 17, 96 (Liebe, die eine fremde Frau, ein fremder Mann erregt, d. i. Liebe zu —). cf. Lachm. ad Propert. I. 12 (11), 6.

Adjectiva von sächlicher Beziehung finden sich so seltener an- **33** gewandt; verhältnissmässig noch am häufigsten neben cura (Sorge, die gewisse Dinge verursachen) summa eludendi occasio est mihi nunc senes et Phaedriae *curam* adimere *argentariam* Ter. Phorm. V. 6, 45. scandit aeratas *vitiosa* naves *cura* Hor. Od. II. 16, 21 (h. e. vitiorum, scelerum commissorum). Est, ubi divellat somnos minus *invida cura*? id. Epist. I. 10, 18 (nicht = cura, quae homini somnos invideat, sondern = quam excitet invidia). mitte *civiles* super urbe *curas* id. Od. III. 8, 16 (wol = rerum civilium, nicht persönlich). omitti *curas familiaris*, ut quis se alienis negotiis intendat Tac. Ann. 11, 7 (h. e. curas rerum od. negotiorum familiarium = familiae suae). Pace per Italiam parta, et *externae curae* rediere id. Hist. 5, 10 (= rerum externarum, doch auch zur vorigen Kategorie zu ziehn). *Perusina cura* Solin. 1, 49 (h. e. belli Perusini). Andere Beispiele sind: te rogo, ne patiare quidquam mihi ad hanc *provincialem molestiam* temporis prorogari Cic. Fam. II. 7, 4 (lästiges Gefühl, Ueberdruss, den die Provinz erregt). Terrorem repente ex somno excitatis subita res et *nocturnus pavor* praebuit Liv. VII. 12, 2. 36, 10. *pavor internus* occupaverat animos Tac. Ann. 4, 74 (= rerum internarum, domesticarum). ut ille omnem suum *vinolentum furorem* in me unum effunderet Cic. Fam. XII. 25, 4 (vgl. vinolentia furorem effecit; hinterher heisst Antonius

ructans et nauseans). pagani *favore municipali* iuvare partes ad-
nitebantur Tac. Hist. 3, 43 (h. e. municipii Fori Iulii). cum metus
ipse et attentum iudicem faciat et ab *adverso favore* deterreat.
Quintil. IV. 1, 51 (h. e. a favore causae adversae s. adversariae).
Pendeo animi *exspectatione Corfiniensi* Cic. ad Attic. VIII. 5, 2 (h. e.
quam Corfinium movet). *Philippensis invidia* Solin. 1, 49 (der Hass,
den die Schlacht bei Philippi gegen August aufregte). — Hieran
schliessen sich Verbindungen wie: Inveniam etiamnunc, per hos
exhaustos iam *fletibus domesticis* oculos quod effluat, si modo id
tibi futurum bono est Senec. ad Polyb. 21, 2 (h. e. rerum domesticarum, Thränen, die die Leiden der eignen Familie auspressen.
cf. ad gemitus vulnerum circumferebant oculos Liv. XXII. 5, 4).
illis (den Christen) fallax spes *solatio redivivo* blanditur Minuc.
Felix Octav. 8, 6 (der Trost, den die Wiederauferstehung, der
Glaube an die W. gewährt), wo durch die Substantiva nicht Affecte,
sondern dort eine Aeusserung des Affectes, hier das, was den Affect (den Schmerz) lindert, bezeichnet wird. Vgl. noch oben § 5
gloria fortis, was, wenn gloria = gloriatio, dem Ersteren analog ist.

34   An die erste Kategorie der obigen Beispiele (s. § 32) reihen
sich diejenigen an, in denen, was häufig geschieht, die Pronomina
meus, tuus, suus, noster, vester in causalem Sinne mit Substantiven
gedachter Art in Verbindung treten. Exsurgite, inquit, qui *terrore
meo* occidistis prae metu Pl. Amph. V. 1, 14 (= terrore, quem
ego vobis iniicio). neque erit iusta causa ad portas sedenti imperatori, quare *terrorem suum* falso iactari patiatur Cic. p. Sestio
23, 52. Auct. b. Afric. 32. si quos *spes meae*, si quos propinquus
sanguis — movebat Tac. Ann. 2, 71. 14, 53 (Hoffnungen, die ich
erregte). ea, quae faciebat, *tua* se *fiducia* facere dicebat Cic. Verr.
V. 68, 176 (h. e. fiducia, quam tu sibi afferres). cum Rhenum et
Euphratem *admirationis tuae* societate coniungeres? Plin. Paneg.
14, 1 (h. e. admirationis, quam tu utrique movebas). mulier la-
crumis opplet os totum sibi, ut facile scias, *desiderio* id fieri *tuo*
Terent. Heaut. II. 3, 65 (= des. quod tu in ea excitas). Nam
neque negligentia tua neque *odio* id fecit *tuo* id. Phorm. V. 8, 27
(wo tua an der ersten Stelle natürlich anders, nämlich objectiv, zu
fassen ist. S. unten § 48). Necesse in vos *odio vostro* consultum

a Romanis credatis Liv. XXX. 44, 7. Iste *formidinem* illam *suam*
miseris Agyrinensibus iniiciebat Cic. Verr. III. 28, 68. plenus *suarum*,
plenus paternarum *irarum* Liv. II. 61, 3 (vgl. oben § 32). Caesar
suam invidiam tali morte quaesitam apud senatum queritur Tac.
Ann. 3, 16. aut *nostram* minuemus *invidiam* aut etiam in diversum
eam transferemus Quintil. XI. 1, 64. cum iam, omisso gestu, verbis
poetae et studio actoris et *exspectationi nostrae* plauderetur Cic. p.
Sestio 56, 121 (h. e. quam nos populo movebamus). Aehnlich im
Griechischen σῇ ποθῇ Iliad. 19, 321. σὸς πόθος Od. 11, 202.
Soph. Oed. R. 969 τέκνον, τί δ' ἦλθες; — σῇ πάτερ, προμηθίᾳ
Oed. Colon. 332 u. a.

Sehr häufig werden so auch die Pronomina demonstra- **35**
tiva und das Relativum neben Substantiven des Affectes assimilirt, doch nur in der Art, dass sie sich auf einen ganzen Gedanken, nicht auf einen einzelnen Begriff zurückbeziehn. Man sagte
demnach nicht, wie oben § 30 is, quo nomine (= cuius nomine), so
auch Miltiades, qua invidia st. cuius invidia (persönliche Beziehung),
ebenso wenig als prospera fortuna tua, qua invidia st. cuius invidia
(zwar sächliche, aber nicht gedankenmässige, sondern begriffliche Beziehung), sondern behielt in Fällen dieser Art den causalen Genetiv bei
(hominem potentem, cuius fiducia provinciam spoliaret Cic. Verr. 1. 14,
40. Domitium, cuius spe atque fiducia permanserint Caes. Civ. 1, 20.
cohorte praetoria, cuius terrore rediit oppidanis concordia Tac. Ann.
13, 48. ea declinans, quorum recens [principatus] flagrabat invidia
id. Ann. 13, 4). Die Assimilation qua invidia u. Aehnl. kann also
nur eintreten, wenn es, mit Beziehung auf den vorangehenden
Gedanken, den Sinn von cuius rei invidia etc. hat, eine Ausdrucks-
weise, die gleichfalls oft genug angewandt wird. (Cuius rei terrore
Caes. Gall. 7, 78 u. a.) Dasselbe gilt von hac invidia, ea invidia
u. ähnl. Verbindungen, falls sie anders der Assimilation angehören.

Das Relativum kommt übrigens in dieser Art, wie es scheint, **36**
nur im Ablativ, die andern Pronomina ausserdem noch im Nominativ, zuweilen auch im Accusativ vor. Itaque hi decemviralem illam
potestatem ab illo constitutam sustulerunt. *Quo dolore* incensus
iniit consilia reges Lacedaemoniorum tollere. Nep. VI. 3, 1 (= Cuius
rei dolore h. e. dolore, quem haec res in eo excitavit). Quo dolore

accensa legio Tac. Hist. 2, 43. quo dolore permoti Sulpic. Sever. H. Sacr. I. p. 141. Ubi eos in sententia perstare viderunt, conclamare et significare de fuga Romanis coeperunt. *Quo timore* perterriti Galli — consilio destiterunt Caes. Gall. VII. 26. c. *quo metu* commoti — Cic. in Pison. 38, 93. quo metu perculsae minores civitates Liv. XXI. 5, 4. Sulpic. Sever. H. Sacr. I. p. 56. quo Dolus metu turbatus Phaedr. App. III. 4, 12. *Qua formidine* territi Tac. Agric. 22. *Quo pudore* adducti Caes. Civ. III. 60. b. *qua spe* adducti — id. Gall. IV. 6. b. *quo gaudio* elatus — Sueton. Caes. 22 p. 51.

Die Zufügung des Particip. Perf. übrigens ist zwar in diesem Falle Regel, doch für das hier in Betracht kommende Verhältniss des Relativs selbstverständlich ganz ohne Bedeutung. Vgl. ausus est Furfanio dicere, mortuum se in domum eius illaturum, *qua invidia* huic esset deflagrandum Cic. p. Milon. 27, 75. *quo pudore* haud plures quam centum equites restitere Tac. Hist. 3, 17. *qua spe* nonnulli — opus facere coeperunt Auct. b. Hispan. 13. *quo dolore* — praecepit Sulpic. Sever. H. Sacr. I. p. 181. *quo metu* in Mesopotamiam confugit id. I. p. 41 u. 198. *Qua fiducia* ad legiones, quas a republica acceperat, alias privato sumptu addidit Sueton. Caes. 24 p. 55. qua fiducia Veliterni paene ad exitium sui cum populo Romano belligeraverant id. Octav. 94 p. 449.

Dem Relativ ähnlich wird auch das Interrogativum zuweilen assimilirt. *Qua fiducia* ausus primum, quae emta est nudius tertius, filiam meam dicere esse? — Lubuit: ea fiducia. Pl. Epidic. V. 2, 31 (= Cuius rei fiducia —?), wo die Frage natürlich gleichfalls gedankenmässig zu fassen ist.

37 Beispiele für die demonstrativen Verbindungen im Ablativ sind: existimans se Afros facilius corrupturum. *Hac spe* cum profectus esset in Africam Nep. VI. 3, 2. Nam et Volsci comparaverant auxilia, quae mitterent Latinis. *Hac ira* consules in Volscum agrum legiones duxere Liv. II. 22, 1. *Hoc timore* adductum Gallonium Gadibus excessisse Caes. Civ. II. 20. c. Auct. b. Hisp. 4. u. a. Ferner: *Eo metu* cohortes Ariminum praemittit Tac. Hist. 3, 41. Ann. 6, 38. *Ea formidine* multi mortales Romanis dediti obsides Sall. Iug. 54, 6. *ea fiducia* Pl. Epidic. V. 2, 31 (s. oben § 36 fin.).

Dass wir im Deutschen uns zuweilen ebenso ausdrücken („In dieser Hoffnung, Erwartung, Voraussetzung, Besorgniss, in diesem Vertrauen u. a."), kann natürlich in der Beurtheilung dieser Verbindungen nicht irre machen. Sie finden sich übrigens, ihrer unmittelbaren Rückbeziehung auf den vorangegangenen Gedanken ganz angemessen, meistens zu Anfange eines Punktums oder eines Nachsatzes, selten durch eine Partikel oder andere Satztheile zurückgedrängt, wie *Igitur eo dolore* impeditus — legatos ad Bocchum mittit, Sallust. Iug. §3, 1, und in coordinirten Sätzen: magno cum periculo nostrorum equitum cum iis confligebat *atque hoc metu* latius vagari prohibebat Caes. Gall. V. 19. b. Sed tanta erat completis litoribus contentio, ut multitudine nonnulli deprimerentur, *reliqui hoc timore* propius adire tardarentur id. Civ. II. 43. c. Gall. V. 4. c. Virg. Aen. 8, 705.

Im Nominativ sind dergleichen Verbindungen, wie es scheint, nur zu Anfange anzutreffen. Stuprata per vim Lucretia a regis filio se ipsa interemit. *Hic dolor* populi Romani causa civitati libertatis fuit Cic. Fin. II. 20, 66 (= huius rei dolor h. e. dolor, quem haec res excitavit). *Hic metus* Codrionem — sine certamine ut dederetur Romanis effecit Liv. XXXI. 27, 5. *Idem metus* Sestum incolentes — in deditionem dedit id. XXXIII. 38, 9 (h. e. eiusdem rei metus). *Is timor* omnes, qui circumcolunt Boeben paludem, montes coegit petere id. XXXI. 41, 4. *Is pavor* perculit Romanos id. XXI. 46, 7. III. 38, 6. *Is terror* obstructas mentes consiliis ducis aperuit. Tac. Hist. 3, 21. *Ea exspectatio* desiderium decemviros iterum creandi fecit Liv. III. 34, 7. *Ea desperatio* Tuscis rabiem magis quam audaciam accendit id. II. 47, 6.

Ein Beispiel für den Accusativ ist: *Ob eam iram* duo milia peditum populari omnem agrum usque ad Padi ripas iussit Liv. XXI. 52, 5.

Als Ausnahme von der oben (§ 35 z. A.) aufgestellten Regel 38 muss wol gelten: si quis in caelum adscendisset naturamque mundi et pulchritudinem siderum perspexisset, insuavem *illam admirationem* ei fore Cic. Lael. 23, 88 (nicht = illius rei, sondern = illarum rerum h. e. quam illae res moverent, also nicht auf einen Gedanken, sondern auf Begriffe bezüglich). Vielleicht wird die Abweichung dadurch erklärlich, dass man die Stelle als eine Uebersetzung aus dem Griechischen ansehen muss. Uebrigens unterscheidet sich dieselbe noch dadurch sehr wesentlich von allen obigen, dass dort überall durch die betreffenden Verbindungen das Nachfolgende motivirt erscheint, was hier nicht der Fall ist. Vgl. Hoc dolore urbem reliquit (h. e. hic dolor effecit ut urbem relinqueret) und Hunc dolorem frustra levare studui. Beispiele dieser letzteren Art finden sich nicht.

39   b) Bemerkenswerth sind Verbindungen, wie quamquam *illud Hesiodium* laudatur a doctis, quod eadem mensura reddere iubet, qua acceperis Cic. Brut. 4, 15. An hoc eiusdem modi est, quale *Pherecydeum illud,* quod est a te dictum? id. Divin. II. 13, 31. und ähnlich: Verum sint sane *ista Democritea* vera ibid. 13, 32. Hinc *illa Verria* nata sunt id. Verr. IV. 10, 24 u. a., in denen sich Adjectiva persönlicher Beziehung, und zwar solche, die von Nominibus propriis herkommen, an die substantivirten Neutra der demonstrativen Pronomina anlehnen. Sie werden wol richtig so gedeutet, dass die Genetive, deren Stelle diese Adjectiva vertreten (vgl. cuius est generis id Augusti, qui — inquit Quintil. VI. 3, 59. Ab hoc illud M. Marcelli de consecratione Honoris atque Virtutis honestate nominum differt, re congruit Lactant. I. 20, 12. Illa Cn. Pompeii sunt animadversa, quae maxime confidentiam attulerunt hominibus. ut diceret — Cael. ad Cic. Fam. VIII. 8, 9. Haec igitur Epicuri non probo Cic. Fin. I. 7, 26), sowie die Adjectiva selbst causalen (auf den Urheber hindeutenden), nicht gemein possessiven Sinn haben. Verbindungen der Art mit Adjectiven, die von Appellativis herkommen, wie illud oratorium, illud regium st. illud oratoris, illud regis (vgl. Illud eius philosophi magnificum ac paene divinum, quod — dixit Cic. Divin. I. 54, 124) kommen nicht vor. Sie wären nur denkbar, wenn unter orator, rex etc. ein bestimmter Redner, König etc. gemeint wäre, so dass eine besondere Hindeutung auf die Person (vgl. *eius* philosophi Cic. 1. c.) unnöthig erschiene.

40   c) Zusammenstellungen, wie *Terentianus ille Chremes* Cic. Off. I. 9, 30. *Hercules Prodicius* id. I. 32, 118. ille *Agamemno Homericus* et idem *Attianus* id. Tusc. III. 26, 62. *Zethus ille Pacuvianus* id. Orat. II. 37, 155 u. a., sind nicht der possessiven Xenophon Socraticus u. ähnl. (s. oben § 21) gleichzuachten, vielmehr auch in ihnen ein Causalverhältniss anzuerkennen, nur dass dieses nicht als ein ganz einfaches (vgl. Terentius Chremetem descripsit), sondern als ein etwas umständlicher zu erklärendes aufzufassen ist (vgl. Chremes, qualem Terentius descripsit). Der Genetiv ist in diesem Falle seltner (Atque idem Zethum illum Pacuvii nimis inimicum doctrinae esse dicebat: magis eum delectabat Neoptolemus Ennii, qui se ait philosophari velle, sed paucis Cic. Rep. I. 18. Prometheus ille Aeschyli id. Tusc. III. 31, 76), während umgekehrt, wenigstens bei Cicero, gerade der Genetiv angewandt zu werden pflegt, wenn ganze Werke der Schriftsteller, nicht, wie an den obigen Stellen, einzelne in denselben dargestellte Personen gemeint sind. (sus rostro si humi A literam impresserit, num propterea suspicari poteris, Andromacham Ennii ab ea posse describi? Divin. I. 13, 23. in Phaedro Platonis Or. 4, 15. Orat. I. 7, 28. in Bruto Attii Divin. I. 22, 43. Ennii Medeam — Antiopam Pacuvii — Synephebos Caecilii — Andriam Terentii — utramque Menandri Fin. I. 2, 4. Teucrum Pacuvii Orat. I. 58, 246 u. a.)

Man könnte übrigens geneigt sein zu glauben, dass die Adjectiva in den Verbindungen obiger Art sich ebenso gut und vielleicht noch bequemer auf locale Adverbialbestimmungen (s. oben § 1) als auf Genetive zurückführen liessen (vgl. *Neoptolemus* quidem *apud Ennium* philosophari sibi ait necesse esse Cic. Tusc. II. 1, 1), zumal sie zuweilen auch der blossen Abwechselung wegen sich neben jenen vorfinden (vgl. Nam et *ille apud Trabeam* voluptatem animi nimiam laetitiam dicit, eandem, quam *ille Caecilianus* Fin. II. 4, 13). Indessen ist es wol klar, dass solche Adverbialbestimmungen, wenn auch an das Nomen oder Pronomen sich anlehnend, doch nicht ohne eine gewisse Beziehung zum Verbo (ait, dicit) aufgefasst werden können, und schwerlich finden sich Beispiele, wie Neoptolemus apud Ennium multis postea exemplo fuit, wo eine solche Beziehung zwischen jenem Adverb und dem Prädicate nicht stattfände, vielmehr jenes lediglich als Bestimmung des Eigennamens diente. Da bei der Anwendung des Genetiv solche Rücksicht auf das Prädicat gar nicht in Betracht kommen kann, dieser also in allen Fällen passend erscheint (vgl. Neoptolemus Ennii multis postea exemplo fuit), so wird auch bei der Erklärung des assimilirten

Adjectivs zweckmässiger auf jenen Casus als auf die adverbialen Bestimmungen zurückgegangen.

41   d) Auch an der bekannten Stelle bei Cicero: Horum igitur aliquid animus est, ne tam vegeta mens aut in corde cerebrove aut in *Empedocleo sanguine* iaceat Tusc. I. 17, 41, muss die Verbindung auf ein Causalverhältniss zurückgeführt werden, nur dass der Gedanke, der ihr zum Grunde liegt, ohne Rücksicht auf den Zusammenhang nicht klar genug hervortritt. Der Sinn ist: in sanguine, quem Empedocles voluit esse (eoque reddidit quodammodo) sedem animi. In jener Verbindung fehlt also der Ausdruck des Factitivus.

42   e) Eine eigenthümliche Art von Causalverhältniss muss schliesslich anerkannt werden, wenn neben Substantiven, die eine Menge bezeichnen, wie copia, turba, grex, manus, familia u. a., sich Genetive oder in unserm Falle an Stelle derselben Adjectiva oder Pronomina zur Bezeichnung solcher Personen oder anderer Gegenstände finden, aus denen die Menge besteht, die diese Menge also bilden und gewissermassen hervorbringen. Der Unterschied von den gewöhnlicheren Verbindungen causaler Art ist klar. Vgl. tumultus servorum oder servilis mit numerus servorum oder servilis, welches beides in gleicher Weise zu erklären ist. servi efficiunt (movent) tumultum und servi efficiunt numerum, doch so, dass im ersten Falle das Bewirkte als ein ausserhalb des Bewirkenden sich darstellendes Resultat, im zweiten das Bewirkte als blosser Complex des Bewirkenden und so mit ihm wesentlich identisch erscheint. Beispiele sind: *turba pastoralis* (h. e. pastorum) Val. Max. II. 2, 9. nec tam valetudini profuit utilis regio et salubrius caelum quam animis parum firmis in *turba meliore* versari Senec. de Ira III. 8, 2 (h. e. meliorum hominum). ὅμιλος ἀνδρόμεος Hom. Iliad. 11, 538. Maximinus ex *corpore militari* primus ad imperium accessit Eutrop. 9, 1 (= militum, cf. Forc. v. corpus). contra latrones atque *servilem manum* Hor. Epod. 4, 19 (h. e. servorum, ex servis constantem). quod ver attulerit ex *suillo, ovillo, caprino, bovillo grege* Liv. XXII. 10, 3. *familia gladiatoria* Cic. p. Sestio 64, 134. Aehnlich: *spatium menstruum* N. D. I. 31, 87. *annuum* Hor. Od. IV. 5, 11. *pulverea nubes* (Staubwolke) Virg. Aen. 8, 593. *genus hu-*

manum (h. e. hominum, Menschengeschlecht. Anders und nicht hergehörig Caes. Gall. 4, 20 = Menschenschlag). Item *genus* est *lenonium*
inter homines Pl. Curcul. IV. 2, 13 (eig. = id genus hominum,
quod constat ex lenonibus, quod lenones efficiunt, cf. alituum
pecudumque genus sopor altus habebat Virg. Aen. 8, 27). *vipereo
generi* et graviter spirantibus hydris spargere qui somnos cantuque
manuque solebat Virg. Aen. 7, 753 (= viperarum generi, Vipernbrut,
h. e. viperis). Sequitur illa divisio, ut bonorum alia sint ad illud
ultimum pertinentia, alia autem efficientia. — Nam quia sapientia est
conveniens actio, est in illo *pertinenti genere*, quod dixi Cic. Fin. III.
16, 55 (= in illo pertinentium genere, h. e. in illo genere, quod
pertinentia efficiunt) und vielleicht: *aquaria provincia* id. Vatin. 5, 12
(vgl. aquae efficiunt, h. e. ora maritima efficit provinciam). te cum se-
curi *caudicali* praeficio *provinciae* Pl. Pseudol. I. 2, 26 (prov. codicum,
lignorum, h. e. caedendorum). Ferner: qui duo de *consulari numero*
reliqui sunt Cic. Philipp. II. 6, 13 (wo Orelli nach einigen Hand-
schriften consularium in den Text genommen hat) und mit grösserer
Freiheit Ad Cn. Pompeium permulti ex illo *Sertoriano numero*
militum confugerunt id. Verr. V. 58, 153 (= Sertorianorum militum).

Nur vereinzelt finden sich Verbindungen, wie C. Manlius ex **43**
suo numero legatos mittit Sallust. Catil. 33, 1 (= ex suorum numero).
Von andern Pronominibus finden sich is, hic und qui in dieser Art
von Assimilation vor. At populo Romano nunquam *ea copia* fuit
ibid. 8, 5 (= eorum, h. e. scriptorum et magnorum ingeniorum
cf. Korte h. l.), besonders neben numero.

Man geht hier freilich zu weit (vgl. Seyffert Palaestr. Cicer. p.
15 f.), wenn man meint, dass die pronominale Assimilation neben
diesem Substantiv gewöhnlich stattfinde, Es kommen viele Beispiele
vom Gegentheil vor (ex numero eorum Cic. Orat. II. 13, 56. quorum e numero id. Acad. II. 5, 15. Fin. II. 1, 1. quarum ex numero
p. Muren. 33, 69 u, a.). Indessen ist sie allerdings sehr häufig.
Abgesehen von den zahlreichen Beispielen, in denen — ganz übereinstimmend mit dem Deutschen — hoc und eo (= horum, eorum
oder harum, earum) auf das Vorangehende sich beziehen (vgl. *in
hoc* fuit tum *numero* Miltiades Nep. I. 3, 2. si eos putas, qui
alienum appetebant, tu es *in eo numero* Cic. p. Rosc.' A. 33, 93.

ex eo numero Sallust. Iug. 18, 4), ein Verhältniss, das bei quo wol immer stattfindet (vgl. *quo in numero* e vobis complures fuerunt Cic. Verr. II. I. 6, 15. Scriptum enim ita dicunt esse, ut eorum bona veneant, qui proscripti sunt. *Quo in numero* Sex. Roscius non est id. p. Rosc. Amer. 43, 126. Itaque incitabat omnes studio: *quo in numero* fuerunt — Nep. XXV. 1, 4. Caes. b. Gall. 3, 7. Auct. b. Alexandr. 53 (bis) u. a. Denn Beispiele, wie: Quo in numero — eos scheinen nicht vorzukommen) gehört hier namentlich der — dem Deutschen fremdartige — Fall her, in dem das Pronomen auf einen nachfolgenden Plural hinweist: *ex eo numero, qui — fuerunt* Cic. Agrar. II. 14, 37. p. Marcello 7, 21. *ex eo numero, qui — dicerent* p. Quintio 23, 75. *ex eo numero, quos —* ire oporteret SCtum ap. Cic. ep. ad Fam. VIII. 8, 8. *ex eo numero, qui — appellaverant* Liv. XLII. 34, 1. *ex eo numero, qui — circumsessi erant* id. XXIV. 31, 14. *ex eo numero, qui — parati erant* Sallust. Iug. 35, 6. *ex eo numero, quos —* diximus id. 38, 6 und ferner: *ex eo numero virginum, quae tum erant* Cic. d. Invent. II. 2, 5 (h. e. earum, wie Lamb. schreiben wollte). Es lässt sich aber dieser Gebrauch nicht mit der bekannten Synesis implicita zusammenwerfen, mittelst der — um aus den zahlreichen Arten derselben nur die unserm Falle zunächst liegende zu erwähnen — das Relativum sich auf ein vorangehendes adjectivisches Attribut, wie auf einen substantivischen Genetiv zurückbezieht. Vgl. An hoc eiusmodi est, quale *Pherecydeum* illud, quod est a te dictum? *qui* cum aquam ex puteo vidisset haustam, terrae motum dixit futurum Cic. Divin. II. 13, 31. factum (eius hostis periculum) nuper in Italia *servili* tumultu, *quos* tamen aliquid usus ac disciplina — sublevarent Caes. Gall. I. 40. Haec Romana esse, non versutiarum *Punicarum* neque calliditatis *Graecae, apud quos* fallere hostem quam vi superare gloriosius fuerit Liv. XLII. 47, 7. In dergleichen Beispielen ist der wesentliche Gedanke bereits mit dem Hauptsatze abgeschlossen; mit dem Relativo hebt gleichsam ein neuer Gedanke an, der zu jenem als nachträgliche Erklärung hinzutritt. Nirgend wird im Hauptsatze auf den nachfolgenden Relativsatz als eine nothwendige Erklärung hingewiesen, auch wäre eine solche Hinweisung nicht der Natur des Adjectivs (Pherecydeum, servili, Punicarum, Graecae) angemessen.

Es ist also eine blosse Ungenauigkeit des Ausdrucks, die mit einer
sehr weit verbreiteten Freiheit der lateinischen Sprache in Verbindung steht. In den oben der Assimilation zugewiesenen Fällen
wird durch das Pronomen eo mit Nachdruck auf das Folgende als
auf seine Erklärung hingedeutet. Diese Erklärung ist aber von der
Art, dass wir daraus erkennen, dass das vorangehende eo in einer
andern logischen Beziehung aufzufassen ist, als die grammatische
Form desselben besagte. Es ergiebt sich also zunächst aus dem
Relativ, dass grammatische Form und logische Beziehung in eo mit
einander in Widerspruch stehen und jene nur durch Assimilation
zu erklären ist. Zwar findet in den angezogenen Beispielen der
Synesis implicita, wenigstens in den beiden ersten, gleichfalls Assimilation statt (Pherecydeum illud = Pherecydis illud, servili tumultu
= servorum tumultu), doch wird diese nicht erst aus dem nachfolgenden Relativ erkannt, wie in unserm Falle. Endlich mit Madvig
(ad Fin. III. 21, 70) bei ex eo numero, qui c. Plural im ersten
Theile eine Art logischer Verirrung anzunehmen, durch die der
Schreibende zunächst an den Gegensatz verschiedener numeri gedacht und die er hinterher, seinen Irrthum erkennend, durch die
genauere Beziehung des Relativs wieder gutgemacht hätte, ist wegen
der Nähe und strengen Wechselwirkung der Pronomina, sowie wegen
der mit ziemlich gleicher Häufigkeit parallel neben einander laufen-
den Ausdrucksweisen ex eorum numero und ex eo numero unmöglich. Der Lateiner blieb sich bei dem letzteren trotz der Gleichheit
der Form wohl bewusst, dass das Pronomen nicht eine schlechtweg
qualitative Bestimmung des Substantivs, sondern eine subjective
Beziehung enthielte. Oder war es auch eine Verirrung, wenn er
sich in einem andern Falle media urbs, extrema urbs und so auch
ea causa Cic. Verr. II. 53, 139. ad eam orationem p. Milon. 3, 7
zu sagen erlaubte, da doch hier nicht verschiedene urbes, causae,
orationes, sondern eiusdem urbis, eiusdem causae, eiusdem orationis
diversae partes einander entgegengesetzt werden? Offenbar liess
er, wie er hier der nachdrücklichen Kürze wegen den genaueren
Ausdruck verschmähte, durch dieselbe Rücksicht auch im obigen
Falle sich bestimmen. Das Streben nach Abrundung und Einheit
des Ausdrucks liess ihn die von der logischen Deutlichkeit gebotene

Mannigfaltigkeit der Form verwerfen, ohne dass er damit das wahre logische Verhältniss des Assimilirten mit seinem relativen Complemente im Bewusstsein aufgab.

Dieselbe Assimilation findet sich auch bei genere, doch sehr selten. Amicitiam autem adbibendam esse censent, quia sit *ex eo genere, quae* prosunt Cic. Fin. III. 21, 70 (= ex eorum genere, quae — wie Lamb. auch schreiben wollte, cf. Madvig).

Cap. II.

Das Adjectiv zum Ausdruck objectiver Verhältnisse.

§ 14.

44 Die Substantiva, neben welchen die adjectivische Assimilation dieser Art vorkommt, sind fast durchgängig unmittelbar von Verbis abgeleitet oder doch von verbalem Stamme (vgl. amicitia u. ähnl.); sie bezeichnen meistens eine Sache, sehr selten eine Person. Am häufigsten sind es Abstracta auf io oder us, die ganz einfach die Handlung des Verbums ausdrücken, wie procuratio, enumeratio, percontatio, adulatio, gratulatio, legatio, populatio, salutatio, exploratio, veneratio, concitatio, satio, ratio (reor), obsidio, defensio, inquisitio, cognitio, emtio, ultio, largitio, ambitio, ambitus, conspectus, comitatus u. a. Nächstdem solche, die den Verbalbegriff mehr als bleibendes Verhältniss, als Tugend, Fähigkeit, Gewohnheit, Eigenschaft darstellen, wie amicitia, observantia, indulgentia, negligentia, scientia, memoria u. a., oder die jenen Begriff mit dem Charakter factischer Abgeschlossenheit enthalten und also mehr zu concreter Auffassung hinneigen, wie debitum, maledictum, caedes, parricidium, nex, fraus, victoria und dergl. Von Paronymis ohne alle verbale Verwandtschaft gehören nur sehr wenige hieher, wie similitudo.

Da das Objectsverhältniss ein näheres oder ein entfernteres sein kann, so gehen zuweilen Substantiva verbalia der ersten Kategorie, wenn die Verba, von denen sie herkommen, beide Beziehungen zulassen, auch Verbindungen mit Genetiven oder statt ihrer mit Adjectiven in dieser zwiefachen Weise ein, wie z. B. sowol largitio frumenti oder frumentaria als largitio militum (cf. Auct. b. Hisp. 1 fin.) oder militaris gesagt wurde (vgl. frumentum largiri militibus). Bei andern ist die Assimilation nur zum Ausdruck des entfernteren (persönlichen), nicht des näheren (sächlichen) Objectsverhältnisses angewandt, wie wol öfters gralulatio mea, tua, sua vorkommt, aber niemals gratulatio hereditaria (vgl. hereditatem alicui gratulari) oder Aehnliches gesagt zu sein scheint, obgleich Verbindungen, wie hereditatis gratulatio nicht ungewöhnlich sind (Cic. ad Attic. I. 17, 6. Catil. IV. 10, 20). Eine gleichzeitige Verbindung beider objectiver Verhältnisse in derselben Assimilation, wie militaris largitio frumentaria oder auch nur tua largitio frumentaria (vgl. militibus, tibi largior frumentum) kommt garnicht vor.

A. Das Adjectiv an Stelle eines Genetivs des näheren Objects.

§ 15.

Nur in diesem Falle finden sich Adjectiva, doch selten, an 45 solche Substantiva assimilirt, welche Personen bezeichnen. Sie selbst haben entweder persönliche oder sächliche Beziehung. Beispiele der ersten Art sind: (Clodius) *sororius adulter* Cic. in Pison. 12, 28 (= sororis adulter id. p. Sestio 17, 39. vgl. sororem adulteravit). Di te servassint semper, *custos herilis*, Pl. Asinar. III. 3, 64 (wol nicht possessiv zu fassen: custos, quem herus habeo, sondern = qui me herum custodis). Ferner ille *conductor meus* id. Trinum. IV. 2, 24 (cf. ille, qui me conduxit). ille imprudens ipse *suus* fuit *accusator* Nep. VI. 4, 3. Cic. Verr. IV. 38, 82. — Von der andern Art sind: Archimedes, qui iuxta siderum disciplinam *machinarius commentator* fuit Solin. 5, 13 (vgl. machinas commentatus est), *mergus agrarius* Capitolin. Pertinax 9 (= qui mergit h. e. devorat agros). Nam ita sunt hic meretrices omnes *elecebrae argentariae* Pl. Menaechm. II. 3, 31 (vgl. argentum eliciunt). confige sagittis *fures thesaurarios* id. Aulul. II. 8, 25. ille homo est — *sector zonarius* id. Trinum. IV. 2, 20, wozu Verbindungen kommen, wie *incola Pythius* Hor. Od. I. 16, 6 (= qui Pytho incolit). Ostendit adhuc *Tyaneïus* illic *incola* de gemino vicinos corpore truncos Ovid. Met. 8, 721 (cf. Bach.).

Sehr zahlreich sind die Beläge für Anwendung des assimilirten Adjectivs **neben Substantiven von sächlicher Bedeutung.** Die Adjectiva ihrerseits sind ebenso häufig von persönlicher Beziehung als von sächlicher.

46 a) Für Adjectiva von persönlicher Beziehung sind Beispiele: quoniam omnis hic sermo noster non solum *enumerationem oratoriam*, verum etiam praecepta quaedam desiderat Cic. Brut. 93, 319 (h. e. oratorum, wo die Interpreten Anstoss nahmen). mores adolescentis ipsius et *servilis percontatio*, mors Chrysidis, vultus et forma et lamentatio sororis, reliqua pervarie iucundeque narrantur id. Orat. II. 80, 327 (= servorum percontatio, vgl. servos percontabatur, mit Hindeutung auf Terent. Andr. I. 1, 56—64) und vielleicht ähnlich fuit de servis ovatione contentus, ne dignitatem triumphi *servili inscriptione* violaret Flor. III. 19, 8 (wenn dies = inscriptione servorum per triumphum actorum, eigentl. inscr. nominum serv.). Pars (principum) in Romanos effusi erant —, pars altera *regiae adulationis* erat Liv. XLII. 30, 2—4 (vgl. regem Persea adulabantur) und vielleicht ähnlich *auctione regia* facta bonisque eorum venditis, qui contra populum Romanum arma tulerant Auct. b. Afric. 97 (= venditione regis h. e. bonorum regis. Vgl. publicare regem Cic. p. domo 8, 20 p. Sestio 26, 57 Halm). — *popularis concitatio* Cic. p. Sestio 34, 74. Principio rerum gentium nationumque imperium penes reges erat, quos ad fastigium huius maiestatis non *ambitio popularis,* sed spectata inter bonos moderatio provehebat Iustin. 1, 1. init (vgl. non ambierunt populum) neque *ambitionem militarem* neque provinciam pessimo cuique obnoxiam — infitiari poterat Tac. Ann. 3, 14. Neque *senatorio ambitu* abstinebat, clientes suos honoribus aut provinciis ornandi id. Ann. 4, 2 (h. e. senatum etiam ambiit, ut is ornaret — (Walther h. l.). Ptolemaeus sub specie *sororiae ultionis* Asiae inhiabat Iustin. 27, 3. Nec ignoro, quid *patriae venerationi* debeatur Val. Max. II. 2, 4 (h. e. patris). *divina veneratio* id. I. 1, 11 (h. e. deorum). cum tantum absit ab *exploratione divina* humana mediocritas Minuc. Fel. Octav. 5, 5 (h. e. dei). vetustissimum quemque militum nomine vocans ac memoria *Neroniani comitatus* contubernales appellando Tac. Hist. 1, 23 (vgl. cum commemoraret, eos olim Neronem secum simul comitatos esse, wenn hier nicht das gemeine Possessivverhältniss näher liegt: „Gefolgschaft Neros“). Ferner: de quaestione *Postumianae caedis* Liv. IV. 51, 2 (Ermordung des Postumius). Minucium seditionem motam ex Maeliana caede sedasse invenio id. IV. 16, 3. profitendo se ultores fore Maelianae caedis ibid. 16, 6 (des Sp. Mālius). Appianae caedis molitor Narcissus Tac. Ann. 11, 29 (des Appius Silanus). Androgeoneae poenas exsolvere caedis Catull 64, 77 (des Androgeus cf. Sillig). populo persuasit Romulum ad deos abisse et senatum suspicione *caedis regiae* liberavit Lactant. I. 15, 33 (= regis). ne *hospitali caede* dextram violet Liv. XXV. 18, 7 (= hospitis). qui (Perseus) ex *fraterna caede* raptum diadema — posuerit id. XLV. 19, 16 (= fratris), von welchen Stellen natürlich solche in der Erklärung nicht verschieden sind, an denen caedes = sanguis zu sein scheint, wie respersum iuvenem fraterna caede Catull. 64, 181. alta Polyxenia madefient caede sepulcra id. 64, 368. quod mare Dauniae non decoloravere caedes? Hor. Od. II. 1, 34. Tac. Hist. 4, 42 (s. unten). — Ferner: scelus *fraternae necis* Hor. Epod. 7, 18 (h. e. Remi interfecti). *maternae necis* patrator Tac. Ann. 14, 62. insigni anno *Caiana nece* Sueton. Tit. 1 (durch die Ermordung des Cajus h. e. Caligula's) und ähnlich: Eodem veneno C. Oppianicum fratrem necavit. Neque est hoc satis: tametsi in ipso *fraterno parricidio* nullum scelus praetermissum videtur Cic. p. Cluent. 11, 31. — quas (serpentis exuvias) tamen aureae armillae ex voluntate matris inclusas dextro brachio gestavit aliquamdiu: ac taedio tandem *maternae memoriae* abiecit Sueton. Nero 6 f. Cic. Brut. 69, 244 (s. unten). *Vindelica victoria* Tiberii Drusique privignorum Sueton. vit. Horatii (Oudend. p. 991). nec alia magis quam Tarentina victoria ostendit populi Romani fortitudinem, senatus sapientiam, ducum magnanimitatem Flor. I. 18, 16. Iudaicae victoriae decus Tac. Hist. 2, 78. Marius post *victoriam Iugurthinam* secundo consul est factus Eutrop. 5, 1. Quae semper *civili victoria* sensimus, ea te victore non vidimus Cic. pr. Deiotar. 12, 33 f. Tac. Ann. 3, 54 (s. unten). Vgl. die § 3 angeführten Assimilationen bei victoria, die adverbial zu fassen waren. — Analog den hiehergehörigen heisst es: Iovis clari *Giganteo triumpho* Hor. Od. III. 1, 7 (cf. Boiorum triumphus Liv. XXXIII. 37, 10. Africani triumphus id. XXXVIII. 53, 7 „über“, ferner: triumphator erroris Minuc. Fel. Oct. 40, 2, entsprechend dem Objectsaccusativ bei triumphare, cf. triumphatis Medis Hor. Od. III. 3, 43. triumphatas gentes Virg. Georg. 3, 33. triumphati magis quam victi sunt Tac. Germ. 37 f. Ann. 12, 19).

47 Verbindungen, wie sie für das subjective Verhältniss § 18 betrachtet wurden, sind auch bei diesem objectiven zuweilen anzutreffen. *Externis victoriis* aliena, civilibus etiam nostra consumere didicimus Tac. Ann. 3, 54 (wo der Gegensatz mit civilibus v. = civium die Erklärung = externorum populorum v. zu erheischen scheint, aber auch die local-adverbiale Deutung „auswärtige Siege = auswärts erfochtene“ zulässig ist. cf. Olympiorum victoria oben § 3). libidine sanguinis ingenium *caede nobili* imbuisti, cum — innoxios pueros, illustres senes, conspicuas feminas eadem ruina prosterneres Tac. Hist. 4, 42 (= caede nobilium). Aehnlich: Non puto, inquam, existimare te ambitione me labi, quippe de mortuis: sed ordinem sequens in *memoriam notam et aequalem* necessario incurro Cic. Brut. 69, 244 (= mem. notorum et aequalium, wie Ellendt richtig erklärt).

48 Häufig gehen die Pronomina possessiva Verbindungen der Art im Sinne eines näheren Objectes ein. Eo: etsi scio pol, iis fore *meum conspectum* invisum hodie Ter. Hecyr. V. 2, 22. Quomodo ego mihi nunc ante oculos tuum iucundissimum conspectum propono? Videor enim videre ementem te rusticas res, cum villico loquentem — Cic. Fam. XVI. 21, 7. Nunc autem vester, iudices, conspectus et consessus iste reficit et recreat mentem meam, cum intueor et contemplor unumquemque vestrum — id. p. Plancio 1, 2. neque nostras potuisti leges inspicere; ipsae enim te a *cognitione sua* iudicio publico repulerunt id. p. Balbo 14, 32. omnes gratas amicitias in *tua observantia* — vincam Planc. ad Ciceron. Fam. X. 24, 1 (al. tui). ego *reverentiae vestrae* sic semper inserviam, non ut me consulem, sed ut candidatum consulatus putem. Plin. Paneg. 95, 6 (wo Forcell. reverentia als Titel zu fassen geneigt ist, wonach das Verhältniss ein possessives wäre). Quodsi provinciarum vos *ratio* magis movet quam *vestra* Cic. p. Flacco 40, 100. habenda ratio non sua solum, sed etiam aliorum id. Off. I.

39, 139. Fam. VIII. 8, 9. debere eum aiebat suam quoque rationem ducere id. Verr. II. I. 48, 126 (Zumpt h. l. geht wol zu weit,
wenn er an der Latinität von sui rationem d. zweifelt, cf. Liv. X.
15, 11, wo sui wenigstens als die bessere Lesart in den Text aufgenommen ist). cum ferae bestiae cibum ad *fraudem suam* positum plerumque adspernentur Liv. XLI. 23, 8. Ueber *victoria sua*
in objectivem Sinne vgl. Drakenb. ad Liv. VI. 28, 8 (wo das subjective victoriae suae aufgenommen ist). Nec *salutationes suas* fuga
et vastitas sequitur. Remoramur, resistimus Plin. Paneg. 48, 3.
qui (aedilis curulis) cum ad visendum collegam suum veniret neque a nobilibus, quorum frequentia cubiculum erat completum,
sedendi loco reciperetur, sellam curulem afferri iussit et in ea
honoris pariter atque *contemptus sui* vindex consedit Val. Max. II.
5, 2. ego confligere cum tuo moerore constitui et oculos fluentes
continebo, si fieri potuerit, te favente *remediis tuis*, sin minus, vel
invita. Senec. ad Marciam 1, 5. quae res circumstantium ab *emtione*
mea, utpote ferocissimi, deterruit animos Apul. Met. VIII. p. 159
(„mich zu kaufen"). istud quoque nescire te fingis, quantos labores
circa *tuas inquisitiones* sustinuerimus? ibid. VI. p. 109 („dich zu
finden"). Nam neque *negligentia tua* neque odio id fecit tuo Terent.
Phorm. V. 8, 27 (vgl. oben § 34).

Den oben angeführten Beispielen pronominaler Assimilation
neben conspectus schliesst sich noch an: mihi semper *frequens*
conspectus vester multo iucundissimus — est visus, Quirites, Cic. d.
imper. Pomp. 1, 1, wo mit grösserer Freiheit das Prädicativ in
den Assimilationsprocess mit hineingezogen ist (vgl. vos conspicio
frequentes). Die Stelle ist allerdings, wie es scheint, einzig in
ihrer Art, doch darum keinesweges anstössig, so dass man etwa
mit Halm conspectus in concreter Auffassung = multitudo in con-
spectu versans zu erklären genöthigt wäre. Auch wird sie durch
die subjective Verbindung scelus suum quaestorium Verr. I. 4, 11
(s. oben § 30 z. E.) gestützt.

b) **Für Adjectiva von sächlicher Beziehung**, die zum 49
Ausdruck eines näheren Objectsverhältnisses neben Substantiven
sächlichen Charakters dienen, sind Beispiele: cum quidam de col-
legis nostris *agrariam curationem* ligurrirent Cic. Fam. XI. 21, 5.

quaestorem a sua *frumentaria procuratione* senatus amovit id. Harusp. resp. 20, 43 und vielleicht ähnlich: quaestore occiso, duas sibi hereditates venisse arbitratus est, unam *quaestoriae procurationis*, alteram tutelae id. Verr. II. I. 36, 90 (h. e. curatio agrorum, procuratio frumenti — und viell. quaesturae —, beides = administratio, so dass an Stellen dieser Art wol objective, nicht — wie bei cura argentaria u. Aehnl. oben § 33 — subjective Auffassung näher liegt). C. Gracchi *frumentaria* magna *largitio* Off. II. 21, 72. in *agraria largitione* ambitiosus in socios eoque civibus vilior erat Liv. II. 41, 8. Audistis *quaestoriam rationem* tribus versiculis relatam Cic. Verr. II. I. 39, 98 (h. e. quaesturae, wiewol bei dieser Deutung ebenso wie an der obigen Stelle Verr. II. I. 36, 90 Bedenken entstehen können). cum esset haec *auctio hereditaria* constituta id. Caecin. 5, 13. familiam supellectilemque et omnia iumenta ad hereditariam deducit auctionem Apul. Met. IX. p. 187 (= venditio hereditatis. Vgl. auctionem rerum Commodi habuit Capitolin. Pertinax 7). spe maioris, quam ex *agrestibus populationibus*, praedae Liv. X. 17, 3. decoloratio quaedam ex aliqua *contagione terrena* maxime potest sanguini similis esse Cic. Divin. II. 27, 58. Nazarii Panegyr. (IX.) 16, 2 (s. unten § 50). posteaquam terrenis vitiis immersi sunt et a vigore caelesti *terreno contagio* recesserunt Caecil. de Idol. III. 8 (cf. terrae contagione maculati Lactant. II. 14, 1. patriae nervos externarum deliciarum contagione hebetari noluerunt Val. Max. II. 6, 1 und ähnlich mit persönlichem Genetiv: ab omni mentione et contagione Romanorum abstinebat Liv. XL. 20, 6). quem *obsidioni Liparitanae* praefecerat Val. Max. II. 7, 4 (dagegen mit adverbialer Bedeutung und daher nicht hergehörig: divulgat se Olympiadis mortem ulcisci velle et Alexandri regis sui filium obsidione Amphipolitana liberare Iustin. 14, 1, d. h. die jener zu Amphipolis litt). Ceres inde magistra *sationis fructuariae* Solin. 5, 14. Ferner: in *patrocinio Siciliensi* maxime in certamen veni cum Hortensio Cic. Brut. 92, 319 (ein näheres Objectsverhältniss, obgleich patrocinari alicui od. alicui rei construirt wird). ut sint totius *legitimae scientiae* prima elementa Institut. Prooem. § 4 (= legum scientiae). detectum filiae adulterium et *voluntas parricidalis* Solin. 1, 49 (= parricidii committendi). Vgl. auch Ita miser et amore pereo et *inopia argentaria* Pl. Pseudol. I. 3, 81 (wo das Adjectiv nur indirect eine objective Auffassung zulässt — cf. non habeo argentum — zunächst aber auf den Genetiv des Complements — cf. inops argenti, inopia argenti — zurückzuführen ist). Zweifelhaft scheint, ob an der Ciceronianischen Stelle: malim mihi L. Crassi unam pro M' Curio dictionem quam *castellanos triumphos* duos Brut. 73, 256 an ein näheres Objectsverhältniss gedacht werden darf, da castella triumphare, castellorum triumphus u. Aehnl. nicht einmal den oben § 46 z. E. aus andern Schriftstellern angeführten Beispielen analog und für Cicero doch ganz unerhört wäre. Darf man hier ein genetivisches Verhältniss zum Grunde legen, so möchte dies mehr causaler Natur sein („Triumphe, die eroberte Burgen veranlassten, wozu sie berechtigten"), ähnlich wie es bei ihm heisst: Pharsalicae pugnae triumphus Philipp. XIV. 8, 23. Wahrscheinlich hatte indess Cicero bei jenem ungewöhnlichen Ausdrucke mehr das Schaugepränge im Sinne, wie es mit dem Vortragen der Bilder eroberter Burgen und Städte bei Triumphen an den Tag gelegt zu werden pflegte („Triumphe unter Vortragung von Burggemälden"), und wollte also nur ein qualitatives, nicht ein causales oder gar objectives Verhältniss bezeichnen. Der Gegensatz dictionem — castellanos triumphos trägt überdies nicht wenig dazu bei, die Gedanken lediglich auf das Forum zu fixiren, auf dem ebenso das Eine, wie das Andere, jenes prunklos, aber trefflich, dieses prunkvoll, aber mit geringerem wahren Werthe sich dem Hörer und Zuschauer darstellte. Es wäre demnach castellanos triumphos nicht viel verschieden von splendidissimos triumphos. Will man dieses nicht, so läge noch immer, wie bei triumphus Actiacus, Alexandrinus Sueton. Aug. 22 p. 249 u. ähnl., die gemein adverbiale Auffassung (= triumphos a castellis reportatos) näher.

Der Assimilation wol sicher angehörig, doch eigenthümlich in ihrer Art und jedenfalls auffällig sind Verbindungen wie haec una ratio a rege proposita Postumo est servandae pecuniae (suae — Ernesti), si *curationem et quasi dispensationem regiam* suscepisset Cic. p. Rabir. Postum. 10, 28 (= regiae h. e. pecuniae, wie man auch schreiben wollte, cf. Orelli), und noch auffälliger aequitate deum erga *bona malaque documenta* Tac. Ann. 16, 33 (= bonitatis, malitiaeque docum.) und dem analog (da documentum und exemplum ungefähr gleichbedeutend sind) und daher gleichfalls objectiv aufzufassen: Idem dies et *honestum exemplum* tulit Cassii Asclepiodoti Tac. l. eod. *exempla honesta* id. 15, 20. firmare animum *constantibus exemplis* id. 16, 35. Triariae licentiam *modestum exemplum* onerabat, Galeria Imperatoris uxor id. Histor. 2, 64. haec cogitanda sunt *exempla*, quae vites, et illa e contrario, quae sequaris, *moderata, lenia* Senec. d. Ira III. 22, 2. *iusto* vindicavit *exemplo* impetum Phaedr. IV. 7, 20 (= exempl. honestatis, constantiae, modestiae, moderationis, lenitatis, iustitiae und offenbar den gemein qualitativen Verbindungen bona exempla Liv. Praef. 11. exempla nobilia Senec. Tranq. 1, 8 u. a. nachgebildet). Ferner *vices superbae* Hor. Od. I. 28, 32 (wol = ultio superbiae, cf. ibid. IV. 14, 13) und vielleicht *studia fortia* et susceptae bello cicatrices Quintil. VI. 1, 21, wenn dies nicht nach lectio fortior erexit animum Senec. Tranq. 1, 8 u. a. zu beurtheilen ist, sondern studia fortitudinis gemeint sind, in welchem Falle sich durch dieses Beispiel die Lesart bei Cicero: *antiqua studia* Orat. I. 43, 193 (im Sinne von antiquitatis studia) stützen liesse.

Verbindungen, wie mens tua *mortali contagione* secreta Nazarii Paneg. (IX.) 16, 2 (= mortalium rerum contag.) sind dem oben § 49 angeführten contagio terrena nachgebildet und erinnern an den § 18 besprochenen Gebrauch.

51 Wenn demonstrative Pronomina oder das Relativum zur Bezeichnung eines näheren Objectsverhältnisses in der Assimilation vorkommen, so haben sie, ebenso wie wir oben § 35 beim causal-subjectiven Verhältnisse derselben sahen, stets sächliche Beziehung, theils, wie dort, auf ganze Gedanken, theils auch auf einzelne Begriffe, auf die sie zurückweisen. Doch ist dieser Gebrauch überhaupt nicht sehr häufig. Nunc si Parthus movet aliquid, scio non mediocrem fore contentionem: tuus porro exercitus vix unum saltum tueri potest. *Hanc* autem nemo ducit *rationem*, sed omnia desiderantur ab eo, qui publico negotio praepositus est Cael. ad Cic. Fam. VIII. 5, 1 (= harum rerum rationem, vgl. haec nemo respicit). Sed *haec* quidem est perfacilis — et expedita *defensio* id. Fin. III. 11, 36 (= huius rei, cf. Madv.). Ipsi *has* sacrilego pendetis sanguine *poenas* Virg. Aen. 7, 595 („Strafe dafür", cf. Interpr.).

In physicis plurimum posuit. *Ea scientia* et verborum vis et natura orationis et consequentium repugnantiumve ratio potest perspici Cic. Fin. I. 19, 63 (= Eorum scientia). Verum decus in virtute positum est, quae maxime illustratur magnis in rempublicam meritis. *Eam facultatem* habes maximam id. Fam. X. 12, 5 (= Eius rei facultatem h. e. optime de rep. merendi oder auch mit Bezug auf verum decus oder virtus). utra societas sit utilior, *eam* longe minorem *consultationem* esse Liv. XXIV. 28, 5 (= eius rei; cf. consultare rem aliquam) und mit Erweiterung: Scaevola cum in *eam ipsam mentionem* incidisset Cic. Lael. 1, 3 (= in eius ipsius rei mentionem, cf. Seyffert), wo das zum Demonstrativum appositiv hinzutretende zweite Pronomen mit in die Assimilation aufgenommen ist.

Explicavi sententiam meam et eo quidem consilio, tuum iudicium ut cognoscerem, *quae* mihi *facultas* ante hoc tempus nunquam est data Cic. Fin. I. 21, 72 (= cuius rei fac. h. e. quod faciendi occasio). Dagegen gehört die von Kühner ad Cic. Tusc. I. 19, 45 angezogene Stelle: Nullum unquam, iudices, mihi tantum dolorem inuretis, ut obliviscar, quanti me semper feceritis. Quae si vos cepit oblivio — Cip. p. Milon. 36, 99 nicht zur Assimilation. Es wird hier vielmehr der Begriff des vorangehenden oblivisci, als ob statt dessen dort schon das Substantiv angewandt wäre, ganz einfach durch quae oblivio („welches Vergessen") wieder aufgenommen, wie auch sonst häufig auf ein Verbum des vorangehenden Satzes durch das entsprechende Verbalsubstantiv oder durch ein ähnliches zurückgewiesen wird (Conon omnibus unus insulis praefuit, in qua potestate Pheras cepit Nep. IX. 1, 1, als ob es hiesse C. omnium unus insularum potestatem habuit, in qua potestate — ähnlich id. XX. 2, 2 u. a.).

B. Das Adjectiv an Stelle eines Genetivs des entfernteren Objects.

§ 16.

Das entferntere Objectsverhältniss tritt in der Assimilation fast 52 nur mit persönlicher Beziehung und zwar vorzugsweise in der Form des s. g. Possessivpronomens auf. Nach den Substantiven, neben denen diese Assimilation vorkommt, unterscheiden wir folgende Kategorien:

a) Einige dieser Substantiva sind unmittelbar von Verbis abgeleitet, die den Dativ des entfernteren Objectes bei sich zu haben pflegen. Den Begriff derselben stellen sie entweder in activer oder in passiver Auffassung dar. Beispiele der ersteren Art sind: nec Vespasianus quidem plus civili bello obtulit quam alii in pace, egregie firmus adversus *militarem largitionem* eoque exercitu meliore. Tac. Hist. 2, 82. avarum (Epicurus) *populari largitione* liberat. Lactant. III. 17, 3 (cf. ut eo de medio sublato ex eius pecunia latronum largitio fieret Auct. b. Hisp. 1 fin.). dii mihi videntur fructum reditus et *gratulationis meae* ad suorum sacerdotum potestatem iudiciumque revocasse Cic. p. domo 56, 143. Cuius ordinis, cuius generis, cuius denique fortunae studia tum laudi et *gratulationi tuae* se non obtulerunt? Quin mihi etiam — tuo nomine gratulabantur id. Philipp. I. 12, 30. Pison. 10, 22. Si hunc vestris sententiis afflixeritis, quo se miser vertet? domumne? ut eam imaginem clarissimi viri, parentis sui, quam paucis ante diebus laureatam in *sua gratulatione* conspexit, eandem deformatam ignominia lugentemque videat? (h. e. cum ei omnes gratularentur consulatum adeptum id. p. Muren. 41, 88. cf. is interfuit epulis et grätulationibus parricidarum p. Sestio 52, 111, wo parricidis gratulari zum Grunde liegt). omnes gratas amicitias in *tua* observantia, *indulgentia*, assiduitate vincam. Planc. ad Cic. Fam. X. 24, 1 (cf. cum animus a corporis obsequio indulgentiaque discesserit Cic. Legg. I. 23, 60. indulgentia filiarum commovemini Verr. II. I. 44, 112, zärtliche Liebe gegen — indulgentia gratiae Gell. N. A. I. 3, 27, Nachgiebigkeit gegen die Freundschaft — Verbindungen, in die man ursprünglich vielleicht sogar ein näheres Objectsverhältniss hineinlegte, da in der vorclassischen Zeit wenigstens indulgere aliquem gesagt wurde. Afran. ap. Non. 502, 11. Donat. ad Terent. Eunuch. II. 1, 16. Stallb. ad Heaut. V. 2, 35).

Auch lassen sich Verbindungen hieherziehn, wie *conversatio humana* Senec. ad Marc. 23, 1. Apul. Met. V. p. 85 u. 87. Sulpic. Sever. Hist. Sacr. II. p. 278. Dialog. I. 5. p. 525. 11. p. 531 (cf. conversatio hominum Plin. H. N. IX. 8, 8. mortalium Tac. Germ.

40, scurrarum id. Ann. 12, 49. doctorum Quintil. VI. 3, 17. Grae-corum Ligurumque Senec. ad Helviam 8, 2. civium suorum id. ad Polyb. 36, 4. populorum Sulp. Sever. Dialog. I. 17 p. 540), wenn man hier auf die seltne Construction conversari alicui zurückgehen darf (potest [asinus] a tenero conversatus equis familiariter earum consuetudinem appetere Columell. VI. 37, 8). Patri persuasi ut redimeret adolescentem eumque a *tua* non modo familiaritate, sed etiam *congressione* prohiberet Cic. Philipp. II. 18, 46, wenn man hier den Ausdruck nicht durch die Verbindung mit familiaritate entschuldigen, sondern genauer nehmen und ihm die Construction congredi alicui (cf. Forc. h. v.) zu Grunde legen will. An ein näheres Objectsverhältniss ist weder hier noch bei der Anwendung des Genetivs (in congressione hominum atque in foro Cic. Orat. I. 43, 192 [nicht etwa subjectiv] Solin. 33, 7. Lactant. II. 14, 2) zu denken, da congredi aliquem — nach der Analogie von convenire aliquem — nicht gesagt zu sein scheint. Die Plautinischen Stellen, die noch Freund h. v. für diese Construction anführt, werden jetzt anders gelesen. — In der scheinbar ähnlichen Zusammenstellung: tollit convictum humanum et societatem Cic. Off. III. 5, 21 ist da-gegen wol sicher keine Assimilation („das Zusammenleben mit Menschen"), sondern eine gewöhnliche qualitative Bestimmung („menschliches Zusammenleben, d. i. wie es sich für Menschen ziemt, unter Menschen gewöhnlich ist") zu erkennen. Die Lesart convictionem humanam möchte an dieser Stelle in der Auffassung Nichts ändern, wiewol damit nicht gesagt ist, dass nicht wenigstens dieses Compositum auch eine Assimilation des Adjectivs oder Pro-nomens im Sinne des entfernteren Objectes (cf. convivere alicui Lex.) zulassen sollte (cf. quem nullo tempore a me patior discedere: *cuius* cum frugi severaque est vita, tum etiam iucundissima *con-victio* Cic. Fam. XVI. 21, 4).

Eine passive Auffassung des im Substant. verbale beibehaltenen **53** Verbalbegriffs ist erforderlich: quis tibi tuorum legatorum obviam venit? Mecum enim L. Flaccus, vir *tua legatione* indignissimus at-que iis consiliis, quibus mecum in consulatu meo coniunctus fuit ad conservandam rempublicam, dignior, mecum fuit tum Cic. Pison. 33, 53 (= vir, qui tibi legaretur, indignissimus), wozu Verbin-

dungen kommen, wie: pergit in *mea maledicta*. — Ego lanista?
id. Philipp. XIII. 19, 40 (cf. a maledictis pudicitiae ad coniurationis
invidiam oratio est vestra delapsa id. p. Caelio 7, 15. provectus
deinde est intemperantia linguae in maledicta, nunc communiter
Romanorum, nunc proprie ipsius Quinctii Liv. XXXV. 48, 11).
Dedit natura fratri tuo vitam, dedit et tibi: quae suo iure usa, a
quo voluit, *debitum suum* citius exegit, Senec. ad Polyb. 29, 4
(= quod sibi deberetur). An ein passives Verhältniss erinnert
noch Quaeso hercle, quid istuc est? *serviles nuptiae?* servine uxorem
ducent aut poscent sibi? — Maiore opera ibi *serviles nuptiae* quam
liberales etiam curari solent Pl. Casina Prolog 68 u. 73 (cf. nuptam
esse alicui), wiewol dasselbe erst so deutlich hervortreten würde
wenn es Caiae nuptiae serviles, liberales oder mit gleicher Beziehung
auf die Frau meae (tuae, suae) nuptiae s. l. hiesse. Der Genetiv
lässt meistens weniger Zweifel übrig (cf. mitto nefarias generi nuptias
Cic. p. Cluent. 66, 188 „mit dem Schwiegersohne", wie aus dem
Zusammenhange deutlich hervorgeht; Agrippina exercita ad omne
flagitium patrui nuptiis Tac. Ann. 14, 2 f. An andern Stellen freilich ist garnicht an ein objectives Verhältniss zu denken, wie Ter.
Adelph. IV. 7, 38. Cic. ad Q. frat. II. 3, 7).

54   b) Andere Substantiva, bei denen diese Assimilation vorkommt,
sind von Adjectiven c. Dativo abgeleitet, so dass in der Erklärung
zunächst des genetivischen und so auch des adjectivischen oder
pronominalen Attributs jener Substantiva auf diesen Casus zurückgegangen werden muss. Solche Adjectiva sind amicus, inimicus,
socius (cf. civitas Ubiorum socia nobis Tac. Ann. 13, 57) vicinus,
similis und vielleicht noch einige andere. Die von den Verbal-
Adjectiven amicus und socius (sequor, cf. Curtius Grundzüge etc.
II. 48) abgeleiteten Substantiva scheinen allerdings auch ihrerseits
des verbalen Lebens nicht ganz zu entbehren, doch würde man zu
weit gehen, wollte man bei dem von ihnen abhängigen Genetiv
(amicitia mulieris, societas deorum „mit") ein näheres Objectsverhältniss voraussetzen (amo mulierem, sequor deos). Man darf vielmehr bei diesen, ebenso wie bei den von den andern Adjectiven
herkommenden Substantiven nur zu dem zunächst liegenden Adjectiv in der Erklärung aufsteigen und also bei der Assimilation nur

ein entfernteres Objectsverhältniss zum Grunde legen. Uebrigens ist dieses Objectsverhältniss selbstverständlich von dem Subjectsverhältniss bei denselben Substantiven zu unterscheiden (vgl.: deine Freundschaft hilft, deine Feindschaft schadet mir Nichts, d. h. die du gegen mich hegst), was im Lateinischen zuweilen schwierig ist. At Tiberius honores memoriae eius (h. e. matris) ab senatu large decretos quasi per modestiam imminuit. Quin et increpuit *amicitias muliebres*, Fufium consulem oblique perstringens Tac. Ann. 5, 2. Liv. XXVII. 4, 6 (cf. Romanis ius sit, Asiae civitatium amicitias tueri Liv. XXXIV. 58, 3. Amicitiam Romanorum expetere Antiochum ibid. 58, 7). Illud vero mihi permirum accidit, tantam temeritatem fuisse in eo adolescente, cuius ego salutem defendi, ut *tuis inimicitiis* suscipiendis oblivisceretur patroni — Ego autem citius cum eo, qui *tuas inimicitias* suscepisset, veterem coniunctionem diremissem quam novam conciliassem Cic. Fam. III. 10, 5. vigilantes animi vitae necessitatibus serviunt disiunguntque se a *societate divina*, vinclis corporis impediti id. Divin. I. 49, 110. quis enim non videt, viam *regiae societatis* quaeri? Liv. XLI. 23, 9. quem revocari adhuc impellique ad abolendam societatem Romanam posse Liv. VIII. 27, 5. Tac. Ann. 15, 27. Hist. 4, 56. cur te in istam *vicinitatem meretriciam* contulisti? Caecil. ap. Cic. p. Caelio 16, 37 (anders oben § 26). Cumanos *Osca* mutavit *vicinia* Vellej. I. 4, 2 (wie bei uns: „die Oscische Nachbarschaft"; doch liegt auch hier quod Oscis vicini erant näher als quod Osci iis vicini erant.)

Vielleicht sagte man nach assidere alicui (Aurel. Vict. 56, 3. Hor. Epod. 1, 19 — Cic. p. Plancio 11, 28, in Pison. 32, 80 u. a.) auch assiduus alicui (wiewol das dafür von Forcell. angeführte Beispiel flaminem Iovi assiduum sacerdotem creavit Liv. I. 20, 2 nicht überzeugend ist) und könnte danach an der oben § 52 z. A. angeführten Stelle: in *tua* observantia, indulgentia, *assiduitate* Planc. ad Cic. Fam. X. 24, 1 das dritte Substantiv nicht als freieren Zusatz zu tua (erklärlich durch die beiden vorangehenden Substantiva), sondern in strengerer objectiver Verbindung mit dem Pronomen auffassen.

Nach Analogie der obigen Substantiva mögen ferner auch andere von ähnlicher Bedeutung die Assimilation zugelassen haben, wie z. B. simultas vielleicht nach inimicitiae, matrimonium und connubium nach societas (od. nuptiae) sich gerichtet haben mögen. Nam hic id metuit, ne illam vendas ob *simultatem suam* Pl. Pseudol. I. 3, 65 (Groll gegen ihn). Nec quod nos ex *connubio vestro* petamus, quidquam est, praeterquam ut civium numero simus Liv. IV. 4, 12 (cf. Cremona — annexu connubiisque gentium adolevit floruitque Tac. Hist. 3, 34). *consulari matrimonio* subnixa Tac. Hist. 1, 73.

55 Eine besondere Betrachtung verlangt die Assimilation bei *similitudo*, worüber Madvig ad Cic. Fin. V. 15, 42 Einiges beigebracht hat. Wir unterscheiden hier folgende Fälle:

α) Am wenigsten auffällig ist dieser Gebrauch, wenn das Abstractum similitudo an sich nichts Bemerkenswerthes hat, wie Hinc illi Lycurgi, hinc Pittaci, hinc Solones atque *ab hac similitudine* Coruncanii nostri, Fabricii, Catones, Scipiones fuerunt Cic. Orat. III. 15, 56 (= ab horum similitudine h. e. secundum horum similitudinem, cf. Tursell. I. p. 56). Atque his ipsis temporibus dictator etiam est institutus decem fere annis post primos consules, T. Lartius, novumque id genus imperii visum est et proximum *similitudini regiae* id. Rep. II. 32 (= et proxime accedens ad similitudinem regii imperii, wol zu vergl. mit dispensatio regia = dispensatio regiae pecuniae oben § 50), wo Moser proximum similitudine regio schreiben wollte, was den Sinn angiebt, ohne darum billigungswerth zu sein.

β) Bemerkenswerther und zugleich häufiger ist der Fall, in dem das Abstractum similitudo nur aus rhetorischen Gründen statt des Adjectivs similis eingetreten ist und wir in der Uebersetzung nicht anders als durch ein Zurückgehen auf dieses letztere uns helfen können. Ein Beispiel der Abstraction dieser Art — das indessen das in Rede stehende Objectsverhältniss nicht aufweist — ist morbis corporum comparatur morborum animi similitudo Cic. Tusc. IV. 10, 23 = morbis corporum comparantur morbi animi similes (wo offenbar morborum subjectiven Sinn hat; vgl. morbi animi sunt similes oder habent similitudinem). Ein Beispiel der Assimilation bei dieser Auffassung des Abstractums ist: *Navigeram similitudinem* et aliam in Propontide visam sibi prodidit Mutianus. Plin. H. N. IX. 49 (= et aliud animal navigero animali simile visum sibi p. M.).

γ) Das Substantiv, zu dem similis als Bekleidung zu denken ist, geht im vorigen Beispiele aus dem Zusammenhange hervor. Gewöhnlich ist es indess nicht ein Appellativum, wie dort, sondern das substantivische Pronomen quiddam. Vgl. Cui rei *simile quiddam* facientes aves cernimus Quintil. II. 6, 7. Tritt in diesem Falle die Abstraction ein, so wird daraus selbstverständlich quaedam, wie nec ille rubor sanguis est, sed quaedam sanguinis similitudo Cic. N. D. I. 27, 75 (etwas dem Blute Aehnliches). inest tamen in ea conditione populi similitudo quaedam servitutis id. Rep. I. 27, 43 (vgl. a Corbulone petierat, ne quam imaginem servitii Tiridates perferret Tac. Ann. 15, 31 = ne quid servitio simile, wiewol hier — wegen der Ableitung von imago Corssen, Aussprache etc. I. p. 374 — an ein näheres Objectsverhältniss zu denken ist: ne perferret quid, quod servitium imitaretur). Zuweilen fällt indess das adjectivische Pronomen ganz weg, wie: cuius similitudine perspecta in formarum specie Cic. Fin. II. 14, 47 (= cum ei simile quiddam perspectum esset —). Veneris crinis (ein Edelstein) nitet nigro, internis ductibus ostentans ruforum crinium similitudinem Solin. 37, 20, h. e. rufis crinibus simile quiddam (vgl. quorum simulacrum ab Armeniis usurpatum est Tac. Ann. 15, 15 = quibus rebus simile quid usurpatum est —).

Und dieser Wegfall des Pronomens findet immer Statt, wenn in solchem Falle die Assimilation angewandt wird. Dieselbe ist aber stets nur eine relativ-pronominale; sie findet sich, wie eine Art Uebergang, nur zu Anfange eines Punktums, und zwar nur im Nominativ oder Accusativ und stets auf den ganzen vorigen Gedanken zurückweisend. So heisst es in Bezug auf eine eben besprochene Erscheinung bei den Menschen: *quam similitudinem* videmus in bestiis Cic. Fin. V. 15, 42 (= cuius rei similitudinem quandam, h. e. cui rei simile quiddam) und in Bezug auf die eben besprochene Erscheinung bei den Thieren: *quae similitudo* in genere etiam humano apparet ibid. In Bezug auf den eben besprochenen Process der Erhitzung der wässrigen atmosphärischen Luft: *quam similitudinem* cernere possumus in his aquis, quae in aeneis effervescunt subditis ignibus. id. N. D. II. 10, 27. In Bezug auf den eben besprochenen Ordnungs- und Schönheitssinn des Menschen, wie er sich in der sinnlichen Welt bewährt: *quam similitudinem* *natura ratioque ab oculis ad animum transferens, multo etiam magis pulchritudinem, constantiam, ordinem in consiliis factisque conservandam putat* id. Off. I. 4, 14.

Von anderer Art und zwar dem unter *β.* angeführten Beispiele Plin. H. N. IX. 49 vergleichbar ist die Stelle: *Hanc similitudinem scribendi multi secuti sunt* Cic. Orat. II. 12, 53 (h. e. huic scribendi generi simile scribendi genus), wo eine begriffliche Zurückbeziehung (auf die einfache Schreibweise der von staatswegen redigirten annales maximi) stattfindet und neben dem vorauszusetzenden simile nicht das allgemeine quiddam, sondern das Appellativum genus oder genus quoddam zu denken ist.

56   c) Zu einer dritten Kategorie fassen wir einige Substantiva zusammen, bei denen zur Erläuterung des objectiven Verhältnisses, in dem ihre attributive Bekleidung zu ihnen steht, am bequemsten auf ein vermittelndes Participium Pass. zurückgegangen wird, wenngleich man bei manchen von ihnen auch ohne diese Vermittelung auskommen könnte. So könnte man bei insidiae auf insidiari alicui zurückgehen (die Stelle in legatis insidiandis Cic. p. Caelio 21, 51 ist wol nach dem Griechischen gebildet, ἡμεῖς ὑπ' Ἀθηναίων ἐπιβουλευόμεθα Thucyd. I. 82, 5, und daraus nicht auf insidiari aliquem zu schliessen), doch ist es bequemer: Sive aliqua est oculos in se deiecta modestos, uror et *insidiae* sunt pudor ille *meae* Ov. Amor. II. 4, 11 durch insidiae mihi structae zu erklären (Beispiele für den vorauszusetzenden Genetiv sind: quo ministro ad insidias Eumenis regis usus erat Liv. XLII. 59, 8. XXXIX. 26, 3. Cic. p. Cluentio 7, 20. p. Sulla 5, 14. cf. insidiator alicuius oder alicuius rei id. Catil. II. 12, 27. ad Herenn. IV. 15, 22 — 40, 52. Liv. XXIV. 25, 5). Bei iniuria könnte man an iniurius alicui denken, wie es vereinzelt bei Terenz vorkommt (ipsus sibi esse iniurius videatur Andr. II. 3, 3), indessen ist hier die Vermittelung durch das Particip (iniuria alicui illata) wol natürlicher. Nec me *meae* ullae privatim *iniuriae* unquam (h. e. moverunt) Cic. Fam. XII. 14, 3. Sallust. Iug. 14, 8. Nobis satis cognitum est, illum magis honore Mari quam *iniuria sua* excruciatum ibid. 82, 3. cf. ibid. 20, 4 (wo auch allenfalls subjective Auffassung zulässig ist). iniurias suas ultus est

Tac. Ann. 14, 43. Quartus decimus locus est, per quem petimus ab iis, qui audiunt, ut ad suas res *nostras iniurias* referant Cic. Invent. I. 54, 105. Nihil ergo horum in nostram iniuriam fit Senec. d. Ira II. 27, 3 — 28, 3. An est quisquam, qui dubitet, nullis *iniuriis vestris*, si quae forte aliquando fuerunt, unquam aeque quam munere patrum in plebem, cum aera militantibus constituta sunt, tribunos plebis offensos esse? Liv. V. 3, 4. Natura illis (h. e. diis) mitis et placida est, tam longe remota ab *aliena iniuria* quam a *sua* Senec. d. Ira II. 27, 2 (= ab iniuria aliis facienda quam ab ea, quae sibi fieri possit), cf. die häufigen Beispiele von iniuria mit dem Gen. obiect. (Integritatem atque abstinentiam in tanto viro referre iniuria virtutum fuerit Tac. Agricol. 9. dotes corporis iniuria [h. e. stupro] contrahebant Val. Max. II. 6, 15 u. a.). Ebenso möchte die Bekleidung bei officium an der Stelle: postquam animadvertit eum ad *officium suum* extra moenia oppidi processisse Val. Max. II. 2, 4 durch officium sibi praestandum zu erklären sein, zumal sich officere alicui kaum in gutem Sinne nachweisen lässt (für das anstössige officit Lucret. 5, 889 hat Lachm. sehr passend occipit aufgenommen), cf. die nicht seltenen Beispiele für den Genetiv (sed pietatis spectatae iuvenis et matris obsequium et sororis officium religiose dispensat Apul. Met. X. p. 213 „Pflicht gegen die Schwester". Plin. ep. I. 5, 11. Sueton. Caes. 15 Burm.). Aehnlich scheint die adjectivische Bekleidung von stuprum bei Cicero: hominis fraternis flagitiis, *sororiis stupris*, omni inaudita libidine infamis p. Sestio 7, 16 bequemer durch sorori illatis erklärt zu werden, als dass man auf stuprare sororem und also auf ein näheres Objectivverhältniss zurückgeht.

Ein analoges Beispiel aus dem Griechischen ist $\gamma v v \alpha \iota \omega v$ $\varepsilon \check{\iota} v \varepsilon \varkappa \alpha$ $\delta \acute{\omega} \varrho \omega v$ (Geschenke an ein Weib, einem Weibe gegeben) Hom. Odyss. 11, 521. 15, 247, womit zu vergleichen: Nunc te, Iuppiter Optime Maxime, *cuius* iste *donum* regale de manibus regiis extorsit, — imploro Cic. Verr. V. 72, 184.

Druck von W. Pormetter in Berlin.